안녕 선생님

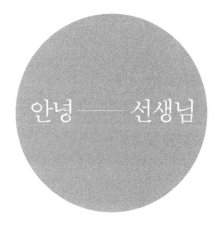

안녕——선생님

소향 · 신조하 · 윤자영 · 정명섭 지음

생각
학교

차례

알맞은 진실

소향

태어나 처음으로 알았다. 사람이 큰 충격을 받으면 마음뿐 아니라 몸에도 변화가 생긴다는 것을. 지진대 위에 선 것처럼 손끝까지 진동이 인다는 것을.

오늘 아침, 교문에 들어서기 전이었다. 갑자기 주위 아이들이 하나둘 가던 길을 멈추더니 웅성거렸다.

"야! 오늘 임시 휴교라는데? 그럼 집에 다시 가도 되는 거 맞지?"

"어이없네. 공지 빨리 좀 보내지 이제야 보내냐."

곧이어 내 폰에도 휴교 공지가 떴다. 내용은 간결했다. 특별한 사정으로 오늘 임시 휴교한다는 딱 한 줄이었다. 평소 같으면 기뻐서 춤이라도 췄을 일이다. 그러나 아이들이 수런거리는 소리를 들은 순간, 나는 발걸음을 멈출 수밖에 없었다.

"어? 나 지금 이상한 톡 받았어. 학교에서 누가 죽었대."

"진짜?"

"나도 받았어. 이미아 선생님이라는데?"

곧 반 단톡이 요란하게 울려대기 시작했다. 엄지손가락으로 스크롤을 몇 번 내리자, 귓속에서 삐 하는 사이렌 소리가 울렸다.

- 이미아 선생님 돌아가셨대!
- 무슨 말이야?
- 그래서 휴교하는 거야?
- 대박! 왜? 교통사고?
- 아니. 어제저녁에 자살. 그것도 우리 반 교실에서
- 말도 안 돼. 확실한 거야?

주위 아이들의 말소리가 진득한 수프처럼 무겁게 술렁이기 시작했다. 깊은 물속으로 다이빙한 듯 세상 모든 소리가 거품이 되어 아득하게 흩어졌다.

이미아 선생님.

누구보다 열심히 수업하면서도 갓 발령받은 신규교사라 부족해서 미안하다던 선생님. 내가 공부와 담쌓은 걸 뻔히 알면서 "좋아할 것 같아서 주는 거야"라며 책 선물을 건네던 선생님. 요즘은 어떻게 지내냐고, 힘든 건 없냐고 물어보던 단 한 사람. 전교 찐따인 나에게 유일하게 잘해준 우리 담임 선생님이 돌아가셨다.

느낌이 이상해서 얼굴을 만져보니 온통 젖어 있었다. 우는 줄도 모르고 울고 있던 것이다. 교복 셔츠로 서둘러 눈물을 훔쳤다. 혹시라도 누가 본다면 놀림거리만 하나 더 늘어날 테니.

가슴께가 뻐근했다. 내가 다른 사람의 죽음에 이렇게 마음 아파본 적이 있나? 없는 것 같다. 왕래가 뜸했던 할아버지가 돌아가셨을 때는 진짜 아무렇지 않았으니까.

그때, 불현듯 떠오른 단어에 밀려온 섬찟함이 슬픔을 훅 밀어냈다.

어제저녁? 선생님이 어제저녁에 자살하셨다고?

심장이 쿵 내려앉았다. 내 의지와 상관없이 몸이 부들부들 떨렸다. 어쩌면 선생님이 돌아가시기 전 마지막으로 이야기를 나눈 사람이 나일지도 모른다.

어제저녁 나는, 학교에서 이미아 선생님을 만났다.

내가 어제 그 시간에 다시 학교에 간 이유를 말하자면, 그리고 이미아 선생님이 그 시간까지 학교에 남은 까닭을 추측해 보자면 한 달 전쯤에 일어난 일부터 말해야 할 것 같다. 다른 아이들은 그 뒤부터 기억하겠지만, 나에게 이 일의 시작은 한 달 전이다. 내가 권예서 앞에서 망신을 당한 그날.

찌질이, 찐따, 일진 박은비의 머슴. 박은비 옆에 있을 때는 누구도 대놓고 나를 이렇게 부르지 않았다. 하지만 마음속으로는 다들 그렇게 생각한다는 걸 안다. 누구와도 어울리지 못해 그나마 박은비 옆에라도 붙어 있어야 사는 데 지장이 덜한 못난 놈, 그게 나다.

그런 시선은 늘 불쾌하지만, 이제 내성이 생겨 참을 수 있다. 그러나 그날의 치욕은 아마 죽을 때까지 잊지 못할 것 같다.

"쭌! 이 프린트 내가 권예서한테 빌린 건데, 좀 갖다주고 와. 급하다니까 얼른!"

한 달 전 9월 어느 날, 체육이 끝나고 세수로 열을 식힌 후 교실에 막 들어섰을 때였다. 박은비가 한 말을 똑똑히 기억한다. 권예서 이름을 듣자마자 가슴이 무척 두근거렸으니까.

권예서는 옆 반 부회장이다. 일 학년 때 같은 반이었고, 처음

본 날부터 쭉 좋아했다. 도도하게 치켜뜬 똘망한 눈동자가 귀엽고, 단정한 단발이 잘 어울리는 자그마하고 날씬한 애. 차가워 보이는 외모와 다르게 친절한 애. 나와는 정반대로 누구도 무시하지 못하는 모범생이 바로 권예서다. 물론 늘 건들거리고 입에 걸레를 물고 다니는 일진 박은비와는 비교조차 할 수 없다. 그런 권예서에게 박은비가 프린트를 빌렸다고? 좀 의아했지만, 이런 심부름이라면 백 번도 환영이다.

"알겠어."

두근거리는 마음을 들킬세라 얼른 프린트를 받아 들고 옆 반으로 달려갔다.

권예서는 음악이 흐르는 미술관의 우아한 조각처럼 앉아 책을 읽고 있었다. 조심스레 그 옆에 다가가 숨을 한번 들이켜 호흡을 가다듬고 말했다.

"권예서, 여기 박은비가 빌린 프린트."

권예서가 고개를 들어 나를 빤히 바라보았다. 그것만으로도 얼굴이 확 달아오르려 했다. 그런데 권예서는 프린트를 받을 생각은 하지 않고 가방에서 주섬주섬 무언가를 찾았다. 그러더니 티슈를 꺼내 나에게 쥐어주고는 작은 소리로 속삭였다.

"다른 애들 보기 전에 얼른 닦아."

무슨 말인가 싶어 의아해하자 권예서가 손가락으로 코 밑을 가리켰다. 엉거주춤 티슈를 받아 들고 교실 뒤로 가 거울을 본 순간, 나는 그냥 콱 죽고만 싶었다.

거울 속에는 내가 봐도 초라하고 더러운 찐따가 있었다. 땀에 젖어 헝클어진 머리, 세수한 후 수건이 없어 닦지 못한 탓에 온통 물기 가득한 얼굴. 그러나 그런 건 문제가 아니었다. 여드름이 숭숭 난 코 밑으로 굵은 콧물이 한 줄 삐죽 삐져나와 있었다. 그것도 맑은 콧물이 아니고, 누런.

떨리는 손으로 콧물을 닦고 있는데 권예서가 다가와 프린트를 내밀었다.

"이거 내 프린트 아니야. 아마 은비가 착각했나 봐. 미안하지만 다시 갖다줄래?"

"어? 어."

이거였다. 박은비가 나에게 어울리지 않는 심부름을 시킨 이유. 세수하고 온 내가 콧물 흘리는 걸 보고 권예서 앞에서 망신당하라고 그랬겠지. 재밌는 장난을 놓칠 박은비가 아니었다. 이제 다시는 권예서 얼굴을 똑바로 볼 수 없게 되었다. 박은비가 날 부려먹는 게 하루 이틀이 아니었던 데다 권예서에게 말을 걸 기회라는 생각에 앞뒤를 재지 못한 내 잘못이다. 내색한 적 없는데 내가 권예서를 좋아하는 걸 알고 있었다니. 역시 박은비는 마녀다. 지금쯤 마녀는 미친 듯 웃고 있겠지.

교실로 돌아와 굳은 얼굴로 박은비 책상에 프린트를 던졌다.

"이거 권예서가 자기 프린트 아니라는데?"

"그래? 내가 착각했나 봐. 수고했어."

박은비가 한쪽 입꼬리를 올리며 웃었다. 그걸 보자 뱃속에서 거품 같은 게 부글부글하더니 곧 펄펄 끓는 주전자 물처럼 요란하게 온몸을 대류하며 휘젓기 시작했다.

그때 결심했다. 다른 건 몰라도 이번 일은 절대 잊지 않겠다고.

송아름이 전학 온 건 그로부터 며칠 뒤였다. 선생님 옆에서 짝다리를 짚고 서 있는 송아름은 키가 크고 얼굴이 뽀야면서 어딘가 세 보이는 인상이었다. 표정도 거만하다 싶을 만큼 자신감이 가득했다. 한마디로 드라마에 나오는, 집안 배경 믿고 세상 무서운 줄 모르는 성격 나쁜 금수저 같달까.

여자애들이 수군거리는 소리가 들렸다. 송아름이 멘 가방은 돈이 있어도 사기 어려운 명품이고, 머리띠는 얼마짜리이며, 스니커즈는 연예인 누구누구가 신는 거라고.

그 뒤로 박은비가 띠꺼운 표정으로 송아름을 바라보는 걸 자주 볼 수 있었다. 뭔가 터질 것 같은 예감이 들었다. 아니나 다를까, 박은비는 곧 송아름과 기 싸움을 시작했다. 아마 박은비는 만만치 않아 보이는 데다 마음에 들지 않는 전학생에게 2학년 일짱인 자신의 위치를 확인시켜 주고 싶었을 테지.

"야!"

어느 날 박은비가 자신의 책상 옆을 지나는 송아름의 등에 대고 소리쳤다. 송아름은 아무 말 없이 고개만 살짝 돌리고 무슨 일이냐는 표정을 지었다.

"이거 안 보여?"

박은비가 책상 밖으로 밀려난 노트를 가리켰다. 송아름은 피식 웃더니 그냥 자기 자리로 돌아갔다. 그와 동시에 박은비가 책상에서 벌떡 일어나 송아름에게 다가가 소리쳤다.

"남의 물건 건드렸으면 사과를 해야지. 이 싸가지야!"

송아름이 눈을 치켜뜨며 말했다.

"난 그런 적 없는데?"

"너 맞다고. 너 때문에 노트 찢어졌다고."

"내가 했다는 증거 있어? 네 억지 말고."

박은비는 허리에 손을 얹고 어이없다는 표정을 짓더니 교실 전체에 소리쳤다.

"야! 얘가 내 노트 일부러 치고 간 거 본 사람!"

교실은 순식간에 찬물을 끼얹은 듯 조용해졌다. 아무도 대답하지 않자, 박은비가 나에게 소리쳤다.

"쭌! 너 봤어, 못 봤어."

보고 못 보고가 중요한 게 아니었다. 박은비는 평소 의리를 강조해왔다. 의리를 저버리면 친구도 아니고, 친구였다가 남이 되면 원수가 되는 거라고. 그건 우리 무리에서 떨어져 나가면 어떻게 되는지 보라는 일종의 협박이었다. 그리고 꼭 이런 곤란한 일은 늘 서열이 가장 낮은 나에게 떠넘기곤 했다. 나는 우물쭈물하다 작은 소리로 말했다.

"본 것 같기도 하……."

"봤다잖아!"

내 말이 미처 끝나기도 전 박은비가 눈을 부라리며 소리쳤다. 그러자 송아름은 한숨을 한 번 쉬더니 가방에서 지갑을 꺼내 오만 원짜리 지폐를 박은비에게 던졌다.

"이걸로 새거 하나 사든가!"

아! 송아름은 절대 하지 말아야 할 짓을 하고 말았다. 전학생이라 몰라서 그랬겠지만, 박은비는 돈에 아주 민감했다. 가장 싫어하는 게 바로 돈으로 잘난 척하는 사람이었다.

"아, 썅! 이게 사람을 개무시하고 있어!"

박은비는 교실 뒤로 달려가더니 쓰레기통을 들었다. 그리고 설마 했는데, 그걸 송아름 머리에 뒤집어씌우고 말았다. 교실 여기저기서 헉하는 탄성이 새어 나왔다. 소리 없이 웃음을 참는 애도 보였다. 하긴, 자기 일이 아니라면 이만큼 재밌는 구경거리가 또 있을까.

송아름이 조용히 먼지와 쓰레기를 털어냈다. 그리고 그걸 한데 모으더니 박은비 얼굴에 던지고 주먹을 날렸다. 운동이라도 했는지 생각보다 빠른 주먹이었다. 그게 신호라도 되는 듯, 둘은 곧바로 엉겨 붙었다. 아이들이 우르르 몰려가 떼어냈으나 여럿이 달라붙어도 쉽지 않아 보였다.

박은비와 송아름은 둘 다 정말이지, 엄청났다. 그 와중에 나는 송아름이 살짝 부러워지려고 했다. 세상 거칠 것 없다는 그 태도가.

예상했던 대로 학교폭력위원회가 열린다는 소식이 들렸다. 그와 함께 퍼진 소문이 더 있었다. 송아름 아빠가 우리나라에서 다섯 손가락 안에 드는 로펌 K&S의 공동 대표라는 것이다. 나는 로펌이 뭔지, K&S가 어떤 곳인지 몰라 인터넷에서 검색했다. 진짜 어마어마한 곳이었다. 변호사가 열 명도 아니고 백 명도 아니고 무려 오백 명이 넘는 법률 회사였다. 그러니까 송아름 아빠는 그 많은 변호사의 사장이고, K&S에서 S는 송을 뜻하는 알파벳이었다. 그걸 보고 가장 먼저 든 생각은 그런 부잣집 애가 왜 우리 학교에 전학 왔는지 모르겠단 거였다. 우리 동네가 나쁜 건 아니지만, 부모님이 법조인인 애들은 별로 없었다.

그런데 애먼 나에게 날벼락이 떨어졌다. 담임인 이미아 선생님이 나를 불러 말했다.

"학준아, 이번 학폭위 때 너도 참석해야 하는데 그래줄 수 있지?"

"제가요?"

"어. 아름이가 그러는데 네가 가까이서 봤고 은비가 너에게 뭘 시켰다고 하더라고. 너무 걱정하지는 마. 선생님도 이런 일이 처음이라 좀 당황스럽기는 한데. 하긴, 선생님은 뭐든지 거의 다 처음이지."

이미아 선생님이 쓸쓸하게 웃었다. 선생님은 이번 일로 무척 마음고생이 심한 듯, 며칠 새 부쩍 얼굴이 핼쑥해졌다. 그런 선생님이 중학생인 내 눈에도 대학 신입생처럼 앳되고 여려 보였다.

"네, 그럴게요. 선생님."

"그래, 고맙다. 장소와 시간 알려줄게. 너무 걱정하지 말고."

선생님이 웃으며 내 어깨를 다독여주었다. 선생님이 짠했다. 누가 누굴 걱정하나 싶은 생각까지 들었다. 여기저기서 이번 일에 대해 들려오는 소문이 만만치 않았으니까. 나야 뭐 학폭위 가자니 귀찮고 짜증은 좀 났지만, 그냥 본 대로 말하면 되겠지.

그러나 학폭위 분위기는 예상보다 살벌했다. 학폭위가 열리는 교육상담실에 들어섰을 때, 나는 숨이 헉 멎는 듯했다.

교장, 교감 선생님은 물론, 여러 선생님과 처음 보는 어른들이 수두룩했다. 그들이 뿜어내는 소리 없는 긴장감만으로도 몸이 납작하게 눌리는 기분이었다. 인상을 잔뜩 찌푸린 송아름과 박은비 그리고 죄인처럼 어깨를 움츠린 이미아 선생님도 보였다.

송아름 엄마와 박은비 부모님은 서로를 노려보며 마주 앉아 있었다. 앞에 이름표가 놓여 있었지만, 볼 필요도 없이 누가 누구의 부모님인지 단박에 알 수 있을 것 같았다. 그들은 한눈에 보기에도 겉모습에서 큰 차이가 났다. 송아름 엄마 옆에는 변호사가 있었다. 아빠가 변호사인데 또 변호사를 부른 것이다.

나는 송아름 엄마를 흘끗 바라보았다. 연예인이라고 해도 믿을 만큼 젊고 화려한 아줌마였다. 주위에서 저런 아줌마는 거의 본 적이 없어 낯설었다. 어제저녁 송아름 엄마는 외모만큼이나 튀는 목소리로 나에게 전화를 했다. 이야기를 듣다가 어이가 없어 되물었다.

"저한테 거짓말을 하라는 말씀이에요?"

"아니, 거짓말이라니. 박은비 걔가 너한테 우리 아름이가 건드리지도 않았는데 먼저 발로 찼다고 한 거 맞잖니."

"저 그것까지는 못 봐서 잘 몰라요."

"그러니까! 그런데 걔가 너한테 봤다고 말하라고 막 압박했다며."

"그, 그건."

"우리 아름이가 그러는데 박은비가 쓰레기 붓기 전에……."

송아름 엄마는 거기서 잠시 말을 멈추더니 흡 하고 숨을 들이켰다.

"아, 쓰레기라는 말만 했는데 벌써 눈물이 나네. 우리 귀한 딸한테 감히! 아무튼 걔가 그러기 전에 발로 먼저 찼대. 너 혹시 봤니?"

"아뇨. 못 봤어요."

"잘 생각해봐."

"못 봤는데 뭘 생각해요."

"우리 아름이 전학 오자마자 걔가 괴롭혔다는데 그것도 못 봤어?"

"잘 모르겠어요, 저는."

"학준 학생, 학폭위에서 걔가 먼저 우리 아름이를 발로 찼다고 얘기해주면 안 될까? 그렇게만 해주면 내가 섭섭하지 않게

22

보상해줄게. 우리 아름이가 워낙 집안이 좋고 빠지는 게 없다 보니까 어딜 가든 질투하는 애들이 많아 그동안 힘들었어. 엄마로서 너무 마음이 아파서 그래."

"지금 저에게 그러니까 그게 뭐더라. 맞다, 위증. 위증하라는 말씀이세요?"

"우리 아름이가 확실히 맞았대. 그런데 막 전학 와서 친구가 없다 보니까 아무도 편을 안 들어줘. 박은비 걔 일진이라 애들이 다 무서워한다며. 우리 딸이 낯선 곳에서 얼마나 힘들겠어. 한번 도와준다 생각해. 별로 어렵지도 않잖아. 걔가 우리 아름이 괴롭힌 것도 사실이고. 힘만 살짝 보태줘. 진짜 크게 답례할게. 그리고 알지? 우리가 통화한 건 비밀로 하는 게 서로 좋아. 그럼, 학폭위 때 잘 부탁할게."

이것이 어제 송아름 엄마와 통화한 내용이었다. 남편이 로펌 대표인데 거짓말을 시키다니, 그래도 되는 걸까? 혹시 모를 사태에 대비에 녹음이라도 해놓을 걸 후회되었다.

학폭위가 시작되고 치열한 논쟁이 이어졌다. 송아름과 함께 온 변호사 아줌마는 잘 모르는 내가 봐도 준비를 많이 한 듯했다. 박은비 부모님이 토해내는 어눌한 변론과 감정만 앞서는 주장을 벼린 칼로 썰 듯 단박에 쳐내곤 했다. 다윗과 골리앗의 싸움이 이랬을까.

그리고 드디어 나에게 질문이 떨어졌다. 학폭위를 진행하는 담당 선생님이 나에게 물었다.

"이학준 학생은 박은비 학생이 송아름 학생에게 쓰레기통을 가져와 거꾸로 들고 쓰레기를 붓는 것을 봤나요?"

그건 당연히 봤다. 아마 우리 반 애들은 거의 다 봤을 거다. 그러니 분명히 대답할 수 있었다.

"네. 봤어요."

"송아름 학생은 박은비 학생이 쓰레기를 붓기 전에 자신을 먼저 발로 찼다고 주장했습니다. 그것을 봤나요?"

나는 침을 한 번 꿀꺽 삼켰다. 어제 송아름 엄마가 말해달라고 부탁한 거였다. 한마디로 누가 먼저 선빵을 날렸냐가 내 대답에 달린 것이었다. 쓰레기를 부은 데다 먼저 때리기까지 했다면, 박은비는 처벌을 피할 수 없을 테지. 송아름 엄마가 간절한 눈으로 나를 바라보는 게 느껴졌다. 그러나 레이저처럼 강력한 눈빛이 박은비 눈에서 나오는 것 또한 느낄 수 있었다. 박은비는 눈으로 말하고 있었다. 여기서 입 잘못 놀렸다간 죽여버릴 거라고. 송아름 엄마가 준다는 보상이 뭔지는 모르겠지만, 그 전에 박은비에게 죽으면 다 무슨 소용일까? 학교에서 박은비에게 괴롭힘 당하다가 전학 보내달라고 엄마, 아빠에게 울며 사정하는 내 모습이 그려졌다. 그럴 순 없다. 자랑스러운 아들은 못 되더라도 그런 모습을 보일 순 없다. 나는 입을 열었다.

"아뇨. 못 봤어요."

"그럼, 먼저 폭력을 가한 건 누구죠?"

"아름이가 주먹으로 은비 얼굴을 때렸어요."

나의 대답에 여러 사람의 표정이 바뀌었다. 나가도 좋다는 허락이 떨어져 나는 중간에 상담실을 나왔다. 어떻게 결정이 날까 궁금했다. 먼저 쓰레기를 씌운 건 박은비고, 먼저 때린 건 송아름이니까.

저녁에 박은비에게 전화가 왔다.

"아까 잘했다. 역시 넌 내 친구야."

친구는 무슨, 친구라면서 평소에 그렇게 대했냐는 말을 속으로 삼키며 덤덤한 척 대답했다.

"본 대로 말한 것뿐이야. 어떻게 결정 났어?"

"아직 몰라. 곧 알려준대."

천하의 박은비도 좀 긴장한 듯했다.

다음 날, 박은비가 일주일간 출석정지를 당했다는 소식이 들렸다. 송아름에게는 어떤 처벌도 내려지지 않았다. 잘은 모르겠지만, 내가 보기엔 둘 다 잘못이 있는데 박은비만 처벌을 받는 건 좀 부당하단 생각이 들었다. 물론 고소하기는 했지만.

며칠이 지났다. 박은비가 없는 학교는 낯설었다. 부려먹는 애가 없으니 편한 것 같기도 하고, 울타리가 없어진 듯 허전하기도 했다.

조금 의외인 것은 박은비에게 내려진 결정에 분노하는 애들이 꽤 많다는 것이었다. 박은비가 일진이긴 해도 인기도 많고 지지하는 애들이 많아서인 듯했다. 우리 학교는 아파트촌과 빌라촌으로 나뉘어 있는데, 빌라촌에 사는 애들은 형편이 어려운 애들이 많았다. 박은비는 못된 애가 맞지만, 집이 어려운 애들은 잘 챙겨주었다. 그걸 보고 차라리 우리집이 좀 못살았으면 좋았을 걸 하고 생각한 적도 있었다.

"야, 은비가 쓰레기 던진 건 잘못이긴 한데, 걔가 먼저 치사

하게 돈으로 도발했잖아. 그거 보고 참는 사람이 어딨냐? 나
같아도 못 참아."

"그러니까. 그리고 그 얘기 들었지? 송아름 뜬금없이 전학
온 이유가 지난 학교에서 어떤 애 때려서 그런 거래. 아주 상습
범이야."

"뭐? 진짜?"

"그래. 벌써 소문 다 났어. 그 학교 다니던 애가 오 반 회장 사
촌이래. 잘난 척하고 인성 더럽기로 유명했다던데."

"어쩐지. 티가 나더라."

그날 이미아 선생님 수업 시간이었다. 어떤 애가 손을 번쩍
들었다. 질문하라는 선생님의 말에 그 애는 당돌한 목소리로
말했다.

"쌤, 왜 은비만 벌 받아요? 때린 건 송아름이 먼전데요."

송아름은 못 들은 척 볼펜만 돌렸고, 선생님은 몹시 난처해
했다.

"그건 선생님 권한 밖의 일이야. 그리고 지금은 수업 시간이
니까 수업에 관련된 질문만 하자."

그러나 그 애는 멈추지 않았다.

"쌤이 교장 쌤한테 출석정지 풀어달라고 부탁하면 안 돼요? 은비가 좀 억울할 것 같아요."

다른 아이들도 웅성거리며 박은비 편을 들었고, 태연한 척하던 송아름의 얼굴은 점점 굳어갔다. 선생님은 아이들을 진정시키고 수업을 다시 시작하려 했다. 그러나 아이들은 좀처럼 멈추지 않았다. 하여간 이것들은 꼭 착한 쌤한테만 이런다니까. 선생님의 손이 가늘게 떨리는 게 멀리서도 보였다.

박은비는 출석정지를 당한 후에 처음 이틀 정도 잠잠하더니 곧 나를 아무 때나 불러내기 시작했다. 그러고는 아무 잘못 없는 나한테 화풀이를 하다가, 심심하니 재밌게 만들어보라고 난리를 쳤다. 어떤 날은 조퇴하고 학교 밖으로 나오라고 톡을 수십 번 보내기도 했다. 진짜 매일 돌아버릴 지경이었다. 박은비 기분이 좋아야 내가 조금이라도 편하다는 걸 요 며칠간 아주 뼈저리게 알아버렸다. 박은비의 행복을 진심으로 바라게 될 줄이야.

일주일이 지나고 박은비는 다시 등교했다. 그 뒤는 뻔했다. 박은비와 송아름은 날마다 으르렁거렸고, 교실에는 늘 전운이

감돌았다. 그러다 결국 둘은 구관 뒤 공터에서 맞붙었다. 나도 덩달아 끌려갔다. 정말 가고 싶지 않았지만, 어쩔 수가 없었다. 동네북인 내 신세가 처량하기 짝이 없었다.

"야! 쭌! 너 거기 서서 잘 보고 잘 들어. 나중에 이년이 또 딴 소리하면 네가 증인 서야 해. 알겠지!"

"그, 그럼, 동영상 찍을까?"

내 말에 박은비가 악을 썼다.

"너 돌았냐? 하여간 대가리 안 돌아가는 건 알아줘야 해. 잘 보기나 하라고!"

그다음은 서로 치고받지만 않았지 글자 그대로 개싸움이었다. 때리면 안 되니까 말로 싸우는데도 둘이 뿜어내는 살기는 실로 엄청났다. 그리고 둘이 서로의 부모를 탓하며 질세라 마구 내던지는 말에 나는 벌어진 입을 도통 다물 수가 없었다.

그때 알았다. 박은비 부모가 이미아 선생님을 찾아와 가난하다고 무시하는 거냐고 화풀이하며 입에 담지 못할 모욕을 줬다는 것과 송아름 아빠는 학폭에서 끝내지 않고 박은비네를 고소할 거라고 통보했다는 걸. 더불어 송아름 아빠가 학교에 몇 번이나 찾아와 교장 선생님에게 항의했다는 걸. 그리고 담임 역할을 제대로 하지 못했다며 교직 생활 끝나게 해주겠다고 이미아 선생님을 협박했다는 것을. 교장 선생님은 이미아 선생님을 불러 호되게 탓하며 책임지라고 압박했다는 것을. 학부모들은 학급 관리를 어떻게 했길래 이런 일이 생겨 면학 분위기를 망쳤냐고 담임 교체 민원을 넣었다는 것을 말이다. 그렇게 모든 분노의 끝에는 이미아 선생님이 있었다. 선생님의 얼굴이 하루가 다르게 수척하고 꺼칠해진 게 당연했다.

하지만 나는 선생님이 무얼 잘못했는지 알 수 없었다. 아무리 생각해봐도 말이다.

이미아 선생님이 지난 3월 우리 학교에 오셨을 때, 다른 선생님들이 하는 말을 들은 적이 있다. 임용고시에 합격하자마자 신학기에 바로 발령받았으면 성적이 아주 우수할 것이고 정말 죽도록 공부했을 거라고. 열심히 공부해서 선생님이 되고, 누구보다 학생들을 아끼고 정성을 다한 이미아 선생님에게 이런 일이 생겼다니. 열심히 공부해도 별거 없구나 싶었다.

어쩌면 이 싸움의 가장 큰 피해자는 아무 잘못 없는 이미아 선생님일지도 모른다. 그리고 선생님 편은 아무도 없는 것 같았다.

이런저런 상념에 빠져 있을 때였다. 갑자기 소리도 못 지를 만큼 배에 큰 충격이 날아왔다. 박은비가 발로 내 배를 찬 것이다.

"잘 보고 있으라고 했잖아. 이 찐따 새끼야!"

내가 배를 움켜잡고 주저앉자, 박은비는 내 몸 여기저기를 마구 발로 차고 밟았다. 분노가 끓어올랐다. 지금 박은비는 나를 송아름 대신 치고 있는 거다. 내가 만만하니까. 내가 아무런 대응도 하지 못할 거란 걸 아니까. 박은비가 나를 때리는 사이, 송아름은 우리 둘을 비웃고는 자리를 떴다.

나는 박은비를 미친 듯 패고 싶은 마음을 억누르며 그냥 맞고만 있었다. 나도 때릴 수 있다. 까짓거 출석정지 따위 열 번을 당해도 상관없다. 내가 그동안 박은비의 행패를 참은 건 무서워서가 아니었다. 이유야 어떻든 늘 혼자에다가 무시 받던 나를 일진 무리에 끼워줬다는 것, 학교에서 이런 모양이라는 걸 엄마 아빠에게 들킬 순 없으니 졸업할 때까지만 버텨보자는 마음. 딱 그 두 가지 이유 때문이었다.

그러나 이제 한계에 다다른 것 같다. 나를 종처럼 부리고, 권예서 앞에서 망신을 주고, 샌드백 취급하는 박은비를 더는 참기 어려웠다.

 무작정 거리를 걸었다. 이런 꼴을 하고 바로 집에 들어갈 수는 없었다. 부모님은 내가 학교에서 이런 신세라는 걸 모르니까. 편의점에서 삼각김밥과 컵라면을 먹는데 전화가 왔다. 송아름 엄마였나. 번호를 진작 차단하지 않은 걸 후회하며 전화를 받았다. 그러나 몇 마디 나누기도 전에 나는 그냥 전화를 끊어버렸다. 송아름 엄마는 여전히 뻔뻔했다. 박은비 부모를 고소할 건데, 나중에 재판하게 되면 증인으로 서달라는 전화였다. 유치원생처럼 계속 자기 얘기만 늘어놓는 송아름 엄마를 참기가 어려웠다. 여러모로 최악인 날이었다. 다들 나한테 왜 이러는 건데!

 나는 문구점에 가서 빨간색 래커 스프레이를 샀다. 교실에 가서 그걸로 박은비 책상과 교과서, 사물함에 온통 칠해놓을 작정이었다. 그리고 복도 벽에 글자를 써놓을 거다. 박은비는 나쁜 년이라고. 그다음은, 될 대로 되라지.

 학교에 왔을 때는 여섯 시 삼십 분이 조금 넘었다. 선생님들도 모두 퇴근했을 시간이었다. 그래도 학교엔 띄엄띄엄 불이

켜져 있었고, 교문의 쪽문도 아직 열려 있었다.

하늘이 어둑해지고 있었다. 비라도 내리려는지 짙은 회색 구름이 꾸물거렸다.

교실과 가까운 쪽 1층 현관은 잠겨 있었다. 중앙 현관으로 갔더니 그곳은 다행히 아직 열려 있었다. 나는 고개를 들어 CCTV를 바라보았다. 크고 검은 눈동자가 나를 위압적으로 내려다보고 있었다. 침이 저절로 꿀딱 넘어갔다. 교실과 화장실 정도만 빼고 곳곳에 CCTV가 있다. 그러나 멈추고 싶지는 않았다.

낯선 시간의 학교는 처음 방문한 이국처럼 생경했고 너무나 고요했다. 왠지 그 정적을 깨면 안 될 것 같아 발소리를 죽이며 계단을 밟아 올라갔다. 긴 복도를 지나 거의 교실에 다 왔을 때였다.

"학준이가 이 시간에 웬일이니?"

누가 뒤에서 나를 불렀다. 이미아 선생님이었다. 너무 놀라 심장이 발까지 떨어지는 줄 알았다. 선생님이 다가오는 기척을 전혀 느끼지 못했으니까.

"뭐, 뭘 놓고 가서요."

선생님이 웃으며 되물었다.

"이 시간에 다시 올 정도로 중요한 거야?"

나는 작은 소리로 그렇다고 대답했다. 우리의 목소리가 어둑한 복도 끝으로 잔잔한 물결처럼 퍼져 나갔다. 선생님과 나만 서 있는 공간은 그 파동이 느껴질 정도로 고요했다. 그래서일까, 우리가 잠시 아무 말 없이 서 있는 사이 나는 느낄 수 있었다. 선생님이 조금 전 어떤 말을 하려다가 차마 꺼내지 못하고 삼켜버렸다는 걸. 한참 어린 나에게, 아니 이 학년 공식 찐따인 나에게라도 터놓고 싶은 말이 있지만, 꾹 참았다는 걸 말이다. 그건 텅빈 학교에 돌아온 내가, 아직 학교를 떠나지 못하고 있는 선생님을 본 순간 통해버린 일종의 전파였다.

"저 생각해보니까 그거 집에 있는데 제가 착각한 것 같아요. 안녕히 계세요."

나는 아무렇게나 꺼낸 말로 정적을 깬 뒤, 중앙 현관 쪽으로 몸을 돌렸다.

"학준아!"

걸음을 멈추고 돌아보자, 선생님이 나를 바라보며 말했다.

"그동안 선생님이 많이 부족했지?"

"아니에요, 선생님."

선생님에게 뭔가 위로의 말을 건네고 싶었지만, 적당한 말이 떠오르지 않았다.

선생님이 엷게 미소 지었다. 그러고는 잠깐 기다리라고 하더니 이 학년 교무실로 들어갔다. 잠시 후 선생님이 책 한 권을 들고 나와 나에게 건네주었다.

"이 책 좀 내일 도서관에 반납해줄 수 있겠니? 반납함에 넣지 말고 사서 선생님께 직접. 내가 내일 바쁠 것 같아서 말이야."

"네. 그럴게요."

책을 가방에 넣고 자리를 뜨려는데 선생님이 다시 나를 불렀다.

"학준아."

내가 바라보자, 선생님이 슬며시 웃으며 말했다.

"학준이는 참 예쁜 아이야. 가능성도 무한하고. 그거 잊지 마."

"네? 네. 감, 감사합니다."

여자애도 아닌데 예쁘다니. 하지만 기분이 나쁘지 않았다.

게다가 가능성이 무한하다고? 어른에게 언제 이런 말을 들어 봤는지 기억도 나지 않았다. 솔직히 나도 내가 그런 애가 아니란 걸 알지만, 무척 고마웠다. 가슴이 벅차오르기까지 했다. 그냥 말 한마디일 뿐인데.

그게 이미아 선생님과 어제저녁에 마지막으로 나눈 대화였다. 그리고 내가 학교를 떠난 뒤에, 이미아 선생님은 우리 반 교실에서 스스로 생을 마감했다.

임시 휴교 공지가 뜨자마자 선생님들이 운동장으로 한꺼번에 몰려나왔다. 우리는 운동장에서 곧바로 집에 돌려보내졌다. 학교에서 사람이 죽었으니 어찌 보면 당연한 일이었다.

집으로 가며 우는 아이들이 보였다. 이미아 선생님을 싫어하는 애는 없었으니까.

온종일 반톡이 쉴 새 없이 울려댔다. 경찰이 잔뜩 왔다는 이야기, 교장 선생님이 괴롭혀서 그런 거 아니냐는 말, 요즘 너무 힘들어 보여 안쓰러웠다는 말, 선생님들은 장례식장 갔다던데 우리는 안 가냐, 누구누구 선생님이 우는 거 봤다, 김희준 샘도 울었다더라, 휴교는 정말 오늘 하루뿐이냐, 유서가 발견되지 않아 수사가 힘들 거라는 말까지 온갖 얘기가 종일 흘러넘쳤다. 애네들은 어디서 이렇게 빨리 소식을 전해 듣는 걸까?

그러나 끝까지 이번 학폭과 관련된 사람들 이름은 나오지 않았다. 모두 이번 일 때문이라고 생각하고 있는 게 뻔했지만, 증거가 남는 톡에 그 애길 꺼낼 수는 없을 테니. 당연하게도 박은비와 송아름 또한 단 한마디도 하지 않았다.

나도 어제 선생님을 본 걸 누구에게도 말하지 않기로 했다. 내가 그 정도로 바보는 아니니까.

온갖 이모티콘과 물음표가 난무했던 하루가 순식간에 지나고 다시 날이 밝았다. 내키지 않는 걸음으로 등교해 교실 앞에 갔더니 교감 선생님이 있었다. 교감 선생님은 손에 든 하얀 국화꽃다발과 어울리지 않게 큰 소리를 내고 있었다.

"학생들, 여기서 장난치고 사진 찍고 그러면 안 돼!"

창가에 조르르 서서 호기심 가득한 눈으로 교실을 기웃거리던 애들이 조용히 투덜거리며 자리를 떴다. 웃으면서 스마트폰으로 사진을 찍던 녀석들도 함께.

정말 보고도 믿어지지 않았다. 귀신 나오는 교실이라고 SNS에 사진을 올릴 게 뻔한 관종들에게 이미아 선생님이 먹잇감

이 되다니. 아무리 그래도, 아무리 철이 없어도, 이건 아니지 않
나? 저절로 주먹이 쥐어졌다.

주무관님이 교실 문에 종이를 붙였다. 이 반 학생들은 당분
간 교실이 아닌 과학실에서 수업하게 되었다는 내용이었다.
그렇겠지. 당분간, 아니 어쩌면 꽤 오래, 이 교실에서 수업할 수
는 없을 터였다.

하지만 과학실이라고 수업이 잘될 리가 없었다. 오전 내내
수업이 귀에 들어오지 않았다. 느닷없이 소리 내어 울음을 터
트리는 애도 있었다. 휴교를 하루만 한 것이 이상할 지경이었
다. 다행히 오후는 단축 수업이라고 했다. 사물함 속 물건을 가
지러 원래 우리 교실에 갈 때마다 다른 학교 교실에 들어선 듯
했다. 선생님의 죽음으로 학교도 교실도 낯선 세계가 되어버
렸다. 다시는 예전으로 돌아갈 수 없는.

점심시간이 끝날 무렵이었다. 운동장에서 공을 차던 녀석이
들어와서 떠들어댔다.

"야, 교문에 장례식장 커다란 꽃 있잖아. 그거 있더라. 그런
데 그거 학교에 있으면 안 되는 거야? 교장 샘이 치우라고 난
리던데?"

왜 화환을 치우려 하는 걸까? 이미아 선생님은 이 학교 선생님이 아니었나? 자살한 사람을 위해서는 슬퍼하면 안 되는 걸까. 나는 도통 이해가 되지 않았다.

그런데 그날 오후, 엄청난 일이 벌어졌다. 누군가 인터넷 게시판에 익명으로 글을 올린 것이다. 이 사건은 선생님을 협박한 송아름과 박은비 부모 그리고 사건을 덮으려고 압박한 교장 선생님 때문에 벌어진 일이라는 내용이었다.

게시판 글이 올라오자마자 선생님의 자살 소식은 마치 기다렸다는 듯 온갖 뉴스에 대문짝만하게 실렸다. 그전까지는 몇몇 단신만 보였는데 말이다. 우리 학교는 순식간에 전국적으로 유명해졌다.

다음 날 아침, 학교 옆 등굣길에 들어서기도 전에 뉴스에서 본 장면을 목격할 수 있었다. 아니, 코끝에 진하게 박혀오는 향기가 먼저 알려주었다. 거리의 공기는 투명한 유리 돔에 갇힌 듯, 학교 주변을 맴도는 진한 국화꽃 향기로 가득 차 있었다. 선생님의 넋도 국화꽃 향기처럼 아직 학교를 떠나지 못하고 있을까.

태어나 처음 보는 장면이었다. 어디서도 이런 것을 보거나 상상한 적이 없었다. 하얀 국화와 검은색 근조 리본이 달린 화환이 학교 담장 쪽 길과 차도에 맞닿은 길 양쪽에 서로 마주한 채 끝없이 늘어서 있었다. 국화꽃 터널이었다. 마치 흑백사진 속으로 들어온 듯했다.

인파에 묻혀 국화 화환 터널 속을 한참 걷다가 교문 즈음에서야 알았다. 화환 행렬은 학교를 한 바퀴 빙 둘러싸고도 모자라 먼 곳까지 한참 더 뻗어나가 있었다.

— 삼가 고인의 명복을 빕니다, 부산에서 동료 교사 손＊＊
— 진상규명촉구, 전국중등교사 일동
— 대한민국 교육의 명복을 빕니다.
— 악성 민원 학부모, 진상 규명하라!
— 그곳에선 편히 쉬세요, 서울 ＊＊중학교 교사 일동

그리고 한 화환 앞에서 나는 걸음을 멈추었다.

— 지켜주지 못해 미안합니다, 부끄러운 선배 교사 김＊＊

본 적도 없는 사람이 지켜주지 못해서 미안하다니. 나는 마지막으로 이미아 선생님을 봤지만, 지켜주기는커녕 되레 위로를 받았는데.

교문 앞에는 기자들이 진을 치고 있었다. 교문 기둥과 학교 울타리에는 포스트잇에 적힌 추모글이 빼곡히 붙어 있었고, 조문 온 사람들이 놓은 꽃다발이 가득 쌓여 있었다. 바람이 불자 색색의 포스트잇이 꽃잎처럼 나풀댔다.

수많은 화환과 조문객이 면학 분위기를 방해한다고, 곧 시험인데 이러면 어떡하냐고 학부모들이 계속 학교에 민원을 넣고 있다는 말을 들었다. 그러나 화환을 계속 치워도 전국에서 밀려드는 화환이 끝이 없다고도 했다. 누군가 양손으로 꾹 누르는 것처럼 심장이 조여왔다. 이미아 선생님을 모르는 사람들이 선생님을 아는 사람들보다 더 많이 울고 있었다. 한 어린 선생님의 죽음을 안타까워하면서.

꽃다발을 밟지 않으려 갓길로 걷고 있을 때였다. 웬 남자가 내 팔을 잡더니 카메라를 들이밀었다.

"학생, 이번 일에 대해 뭐 아는 거 있어요?"

나는 당황해서 아무 말도 하지 못하고 버벅댔다. 혹시 이 사람, 어제 내가 이미아 선생님을 만난 것을 아는 걸까? 그런 생각이 머릿속에 스쳐 지나갔다. 그럴 리가 없는데!

"선생님의 억울한 죽음을 밝혀야지, 안 그래요? 아무거라도 좋으니 얘기 좀 해줘요."

나는 팔을 세게 뿌리치며 말했다.

"저, 저는 아무것도 못 봤어요."

또다시 붙잡힐까봐 교문 안으로 달려갔다. 그러면서 내가 대답을 이상하게 했다는 걸 깨달았다. '아무것도 몰라요'도 아니고, '아무것도 못 봤어요'라니.

점심시간에 박은비가 내 어깨에 팔을 툭 걸쳤다.

지겨운 박은비. 지난 며칠 동안 박은비는 자기 대신 송아름을 혼내주라며 나를 들들 볶아댔다. 자기는 당분간 그럴 수 없으니 친구인 내가 대신 해달라는 거였다. 나를 일 초도 친구라고 생각한 적 없으면서.

박은비가 킥킥거리며 핸드폰을 보여줬다.

"우리 쭌이 방송 탔네. 근데 너 뛰는 거 왜 이렇게 븅신 같냐."

그건 유튜브 영상이었다. 사이버 레커가 우리 학교를 취재하고 올린 영상이었다. 아까 나에게 카메라를 들이댄 사람은 사이버 레커 강범준이었다. 박은비가 보여준 영상 속에서 나는 얼빠진 표정으로 버벅거리다 곧 넘어질 듯 허겁지겁 뛰어가고 있었다. 도망가는 내 뒷모습은 내가 봐도 너무나 초라했다.

도망가는 것, 그건 나에게 익숙한 일인데도 말이다.

방과 후에 가방을 싸는데 책 한 권이 보였다. 이미아 선생님이 반납을 부탁한 그 책이다. 며칠 동안 정신이 없어 책의 존재를 까맣게 잊고 있었다. 책을 보니 그날 선생님의 모습이 다시 떠올라 나도 모르게 한숨이 나왔다. 선생님이 바로 반납해달라고 했는데…….

도서관에 내려가 사서 선생님에게 책을 내밀었다.

"선생님, 이거 우리 담임 선생님이 선생님께 직접 드리래서요."

사서 선생님은 책을 받아 들고 바코드를 찍으려다 의아한 얼굴로 말했다.

"이거 도서관 책이 아닌데?"

"네?"

"봐봐. 바코드가 없잖아. 너 몇 학년 몇 반이야?"

"이 학년 이 반이요."

사서 선생님의 얼굴이 굳어졌다.

"그럼 이미아 선생님 반이잖아. 선생님이 진짜 그렇게 말했어? 착각한 거 아니니? 내가 선생님한테 개인적으로 빌려준 책도 없거든. 이거 도로 가져가야겠다."

얼결에 책을 다시 받아 들고 도서관을 나왔다. 뭐지 싶었다. 도서관 책이 아닌데 왜 반납해달라고 하신 걸까. 나는 도서관 복도 벽에 기대 서 있다가 무언가에 끌리듯 책을 펴보았다. 책 중간에 쪽지가 한 장 끼워져 있었다.

셰익스피어는 지금 밑바닥이라고 말할 수 있는 동안은 아직 진짜 밑바닥이 아니라고 했다. 겪어보니 그건 아주 사치스러운 말이다. 나는 지금이 나의 밑바닥이라고 입을 열 수조차 없는데. 하여 이제 나 스스로 추락을 멈추려 한다. 그러면 모든 게 편안해지겠지. 그들도 기뻐하겠지.

가슴이 미친 듯이 쿵쾅거렸다. 직감적으로 알았다. 이건 이미아 선생님의 유서란 걸. 선생님은 대체 왜 나에게 유서를 남기신 걸까, 내가 어떻게 하길 바라신 걸까? 두려움이 몰려왔다. 한 발도 내디딜 수 없을 만큼 급격하게 피로해져 눈을 감고만 싶었다.

그때 전화가 울렸다. 또 송아름 엄마다. 박은비 못지않게 송아름 엄마도 역겹기는 마찬가지였다. 벌써 이게 몇 번째 전화인지 모르겠다. 왜 전화하는지는 불 보듯 뻔하다. 송아름 엄마는 그날 일을 묻고 또 물으며 도와달라고 사정했다. 이런 일이 터졌는데도 반성은커녕 자기의 이익만 찾다니. 생판 모르는 남들도 와서 조문하고, 눈물을 흘리고, 미안하다는 말을 남기고 가는데, 어떻게 저럴 수 있을까. 선생님에게 조금도 미안한 마음이 들지 않는 걸까?

하지만 가장 한심한 건 어쩌면 나인지도 모른다. 지렁이도 밟으면 꿈틀한다는데, 그러지 못하는 내가 지렁이만도 못한 것 같았다.

전화를 끄고 피시방으로 달려갔다. 중간에 한 번도 멈추지 않고서. 그리고 얼마 전 익명 글이 올라온 게시판에 글을 썼다.

이미아 선생님이 돌아가시기 전 선생님을 만난 사람입니

다. 선생님이 남긴 유서를 갖고 있어요. 유서의 내용을 보면 누군가 선생님을 괴롭혀서 그런 선택을 한 것이란 걸 알수 있습니다. 아무도 말하지 않지만, 누구 때문인지 솔직히다들 알잖아? 송아름과 부모, 박은비와 부모, 교장 그리고모른 체한 모든 사람. 바로 지금 이 글을 읽는 너! 모두 가해자야! 어서 잘못을 뉘우치고 사과해. 그렇지 않으면 유서를 공개할 거다.

실제보다 많이 부풀린 글이었다. 이 게시판은 글을 올릴 수만 있고, 삭제할 수는 없다. 잠시 망설이다가 엔터를 눌렀다. 나는 지금 꿈틀거린 것이다.

막상 글을 올리니 속이 후련해졌다. 진작 쓸 걸 싶기도 했다. 어차피 며칠 전 누군가 먼저 익명 글을 올렸다. 내가 처음도 아닌데 글 하나 더 보태지 말란 법은 없다. 솔직히 다들 비슷한 생각을 하고 있을 텐데.

뿌듯함이 밀려왔다. 선생님을 위해 뭔가 도움 되는 일을 한것 같았다. 늘 도망만 다니느라 몰랐다. 타인을 위해 무언가를 한다는 건 가슴을 뛰게 만드는 일이라는 걸.

내 글의 후폭풍은 생각보다 컸다. 유서가 어딘가에 있다는 것과 유서에 가해자를 지목했을지도 모른다는 내용이 뉴스에 올랐고, 추모객은 더 늘었다. 곧 전국의 선생님들이 모여 진상 규명 촉구 시위를 할 거라는 말도 들려왔다. 꿈틀한 여파가 생각보다 커서 겁이 덜컥 났다.

박은비가 점심시간에 나를 구관 뒤 공터, 전에 송아름과 싸운 곳으로 데려갔다.

"어제 익명 글 네가 올린 거지?"

나는 너무 놀라 눈만 동그랗게 뜨고 아무 말도 못 했다. 내 표정을 보고 박은비가 비웃었다.

"역시! 그럴 줄 알았어."

"어, 어떻게 알았어?"

"어제 너 피시방 들어가는 거 봤고, 글 올라온 시간 얼추 비슷하고, 말투가 딱 너던데. 존댓말로 쓰다가 반말로 바꾸는 거. 혹시나 하고 찔러봤는데 이렇게 술술 부네. 우리 쭌이."

박은비가 킥킥거렸다. 한마디로 그냥 찍은 건데 내가 바보같이 낚인 거였다. 박은비가 한참 웃다가 표정을 바꾸며 말했다.

"근데 잘했어. 오늘 다시 글 올려."

"뭐?"

"송아름 부모 때문에 선생님이 죽은 거라고 올리라고. 그리고 송아름 아빠가 이미아 쌤 소송 준비했다는 것도 올리고. 아! 우리 아빠 때렸다고도 써라. 아주 세게 쓰는 거야. 뻥이든 뭐든 상관없어."

"싫어. 왜 내가."

"안 쓰면, 너 퇴출이야. 전따 만들어버린다."

박은비 눈빛을 보니 그건 진심이었다. 학교 끝나고 박은비는 피시방 앞까지 따라왔다. 박은비는 내가 피시방에 들어가는 걸 보고도 그 자리에 꿈쩍하지 않고 서 있었다. 내가 도로 나올까봐 그러는 것 같았다.

결국, 나는 두 번째 글을 쓰고 말았다. 쓰라는 대로 다 쓰진 않았지만, 에라 모르겠다 하는 심정이었다. 마음 한구석에서 아예 없는 일도 아니지 않냐는 속삭임도 들려왔다. 지난번에도 별일 없었는데 뭐.

그런데 꼬리가 길면 잡힌다고 했던가. 이번엔 별일이 생겼다. 내가 쓴 걸 어떻게 알았는지 경찰 조사를 받게 된 것이다. 눈앞이 깜깜해지는 기분이었다. 이제 엄마 아빠가 다 알게 되었다는 절망감과 함께 다가올 일이 너무 무서웠다. 나도 모르게 눈물이 났다.

경찰서 문에 들어서는데 다리가 후들거렸다. 이것이 현실이라고 믿어지지 않았다. 죄지은 사람이나 온다는 이곳에 내가 오게 될 줄이야.

타다닥, 빠른 손놀림으로 키보드를 치는 경찰 앞에서 고개를 푹 숙이고 말했다. 박은비가 밉고 송아름이 재수 없어서, 그리고 선생님이 안쓰러워 충동적으로 쓴 거라고. 나는 아는 게 아무것도 없다고, 잘못했다고 빌었다. 유서가 있다는 건 끝까지 말하지 않았다. 선생님에게는 미안했지만, 왠지 그래야 할 것 같았다.

"학생, 이번엔 훈방 조치할 거지만 다시는 그러지 마."

조사를 끝낸 경찰이 한심한 눈으로 나를 바라보며 한 말이었다. 할 일 없는 키보드 워리어 취급한 것이다. 익숙한 눈길을 받으니 차라리 마음이 편해졌다.

집에서나 학교에서나 고개를 푹 숙이고 다녔다. 모두 나를 흘끔거리는 것만 같았다.

그런데 뜻밖에도 권예서가 날 찾아왔다. 예서가 간절한 눈빛으로 나를 보며 말했다.

"학준아, 너는 뭔가 알고 있는 거지?"

아무 말도 하지 않자, 권예서는 재차 물었다.

"네가 쓴 거…… 전부 다 거짓말인 건 아니지?"

나는 뭐라고 말해야 할지 몰라 바닥만 내려다보았다.

"나도 강범준 영상 봤어. 그걸 보는데 네가 뭔가 안다는 느낌
이 왔어. 이미아 선생님, 너무 안됐잖아. 뭔가를 알고 있다면,
제발 진실을 말해줘."

권예서가 우리 교실에 들어가는 걸 본 적이 있다. 언제부턴
가 추모 공간이 된 우리 교실 칠판에는 추모글을 적은 포스트
잇이 잔뜩 붙어 있었다. 권예서도 포스트잇에 무언가 적어 붙
이고 교실을 떠났다. 한 번이 아니었다. 그다음에도 권예서가
포스트잇을 붙이는 걸 몇 번이나 봤다.

권예서의 목소리와 눈빛으로 선생님의 죽음을 진심으로 슬
퍼하고 있다는 걸 알았다. 하지만 권예서가 나에게 부탁한 진
실이 얼마만큼 가치가 있는지는 잘 모르겠다. 모두 자신의 이
익만 챙기는 이 상황에서 힘없는 내가 진실을 말한들 나아지
는 게 있을까? 중요한 건 진실이 아니라 누가 이기느냐, 내 살

길은 무엇이냐가 아닐까.

다음 날, 사건은 또다시 예상치 못한 곳으로 물꼬를 텄다. 지워졌다던 CCTV 영상이 복원된 것이다. 그리고 복원된 영상에서 나와 이미아 선생님이 대화를 나누는 장면이 나왔다.

사건 직후 받은 조사에서 학교 숙직 기사님은 장비 오류로 그날 CCTV 녹화가 되지 않았다고 경찰에게 진술했다고 들었다. 그래서 그때 얼마나 가슴을 쓸어내렸나 모른다.

하지만 그건 사실이 아니었다. 실은 기사님이 영상을 지워버린 것이었다. 숙직 기사님은 일자리가 걱정되는 데다 시끄러운 일에 휘말리기 싫어 그랬다면서, 그날 선생님과 마지막으로 이야기한 영상 속 학생이 내가 맞다고 경찰에 증언했다.

기사님의 변명 같은 증언에 뜻밖에도 내 글은 힘을 얻었다. 아이들은 나를 정의의 사도처럼 대했다. 마치 영웅이라도 된 기분이었다. 온종일 톡이 끊임없이 밀려왔다.

- 쭌! 그렇게 안 봤는데 멋지다.
- 나도! 진짜 다시 봤어.

- 그동안 혼자 견디기 힘들었겠다.
- 이미아 선생님이 쭌이한테 잘해주시긴 했지.
- 진짜 선생님 만난 거면 유서도 진짜로 있겠네?
- 보여줘! 보여줘!

톡을 읽고 또 읽었다. 나를 바라보는 아이들의 눈빛이 부드러워지는 걸 보고 대접받는다는 게 이런 거구나 싶었다. 하루 만에 기분이 바닥에서 하늘로 치솟았다.

가장 기분 좋았던 건 권예서의 행동이었다. 권예서는 일부러 과학실까지 내려와 나에게 음료수와 귀여운 노트를 선물로 건넸다. 그리고 노트 구석에 선생님을 위해 유서를 공개해달라고 적고는 자기 교실로 돌아갔다.

궁금해졌다. 이쯤에서 선생님의 유서를 공개한다면 나와 권예서 사이에 어떤 일이 벌어질까? 나는 어느새 유서 공개 시점으로 언제가 좋을지 가늠하고 있었다. 설레는 고민이었다. 몸이 저절로 붕 뜨는 것 같았다.

그런데 급식실 앞 복도에서 줄을 설 때였다. 뒤에서 어떤 아이들 말소리가 들렸다.

"야, 그거 알아?"

"뭐가?"

"아까 우리 반 창체 때 자살 예방 교육받았는데, 자살 충동이 들고 실행에 옮기기까지 걸리는 시간이 얼만 줄 알아?"

"글쎄? 한 일주일? 아니면 한 달?"

"평균 십 분이래. 극단적 선택이 그렇게 순간적으로 일어나는 거래."

"진짜? 소름이다."

십 분. 내가 선생님을 만난 때는 선생님의 힘겨웠던 십 분과 얼마나 가까웠을까. 내가 그 십 분 안에 선생님을 만났더라면, 선생님은 아무 잘못이 없으니 힘내시라고 한마디를 건넸다면, 선생님은 지금 살아 계실까?

들뜨고 취한 기분이 바람처럼 사라졌다. 밥이 넘어갈 것 같지 않았다. 나는 발을 끌며 과학실이 아닌 우리 반 교실로 갔다.

교탁에는 국화가 쌓여 있었고, 칠판에는 색색의 포스트잇이 가득했다. 저기서 권예서가 쓴 포스트잇은 몇 장이나 될지 궁금해졌다.

선생님의 미소가 떠올랐다. 내밀던 손길도 생각났다. 불과 얼마 전까지 저 칠판 앞에 서 있던, 나에게 특별했던 이미아 선생님은 이제 이 세상에 없다.

사물함에 넣어둔 선생님의 책을 펴고 유서를 다시 읽었다. 그러다 문득 이상한 느낌이 들어 유서를 뒤집어보았다. 놀랍게도 거기에는 또 다른 한 문장이 쓰여 있었다. 그걸 보고 나는 누군가가 떠올랐다. 선생님이 누구 때문에 죽음을 선택했는지 그제야 알 것 같았다. 온몸에 찌릿, 소름이 돋았다.

마음이 땅속으로 꺼질 듯 무거워졌다. 이런 엄청난 걸 준 선생님이 원망스러웠다. 다른 사람도 아니고 나에게, 내가 도대체 무얼 할 수 있다고. 이걸 밝히지 않으면 선생님은 억울하고 나는 미안해지겠지. 그런 거겠지.

하필 그 시간에 선생님을 만난 건, 어쩌면 운명일까?

방과 후에도 한동안 과학실에 앉아 있던 나는 책을 들고 폐휴지장으로 갔다. 그리고 잔뜩 쌓인 종이 더미에 유서가 든 책을 던졌다. 보이지 않는 불길에 창고가 불타길 바라며, 한참을 그 자리에 서 있었다.

돌아서며 생각했다.

지금 이대로가 좋다. 진실은 여기까지만이다. 이 상태가 나에게는 넘치도록 충분하여 딱 알맞다. 모두가 선생님을 추모하고, 나를 인정해주는 지금이.

꼭 진실을 속껍질까지 벗겨낼 필요가 있을까?

가장 보기 좋고 아름다운 상태에서 멈추는 게 백 퍼센트의 진실, 그보다 나을지도 모른다.

아무도 듣지 않는
비밀에 관하여

신조하

[야, 너 일루 와봐.]

[냅둬, 쫄아서 얼굴 들지도 못하잖아.]

[저게 사람 무시하네?]

[공부 좀 한다고 ** 깝쳐.]

[푸하하! 도망간다, 도망가.]

강수빈은 침대에서 벌떡 몸을 일으켰다. 다행히 꿈인 것을 깨닫고 그녀는 한숨을 쉬었다. 귓가에서 아이들의 깔깔대는 웃음이 여전히 울리는 듯했다. 강수빈은 어슴푸레 빛이 들어오기 시작한 부엌에서 찬물을 한잔 들이켰다.

최근에는 꾸지 않던 악몽이 다시 찾아온 이유를 알 것 같았다. 이틀 전 송지훈 변호사와의 대화가 애써 다독여놓았던 그녀의 기억을 일깨운 것이다.

"학폭위원회요? 제가 아름이 변호를요……?"

"강 변호사, 기업 자문하기 전에 송무도 몇 번 했었잖아? 학교폭력 사건도 해봤지?"

"프로보노 활동할 때 두어 번 해본 게 전부인데요……."

"그 정도면 충분하지 뭘!"

"그래도 저보다는 저희 펌에 학폭 전문 변호사님들이 참석하는 게 낫지 않을까요? 특히 아름이가 지금 가해추정학생이라면……."

"강 변호사, 이게 뭐 어려운 일이라고 그래. 그리고 강 변호사가 우리 아름이 어릴 때부터 봐왔잖아. 우리 애 절대로 그럴 애가 아니라는 거 알 테고. 아름이를 잘 아는 변호사가 맡아주는 게 제일 믿음직스럽지. 강 변호사 애도 그 학교 다니잖아?"

"네…… 그렇죠."

"강 변호사도 언제까지 실무 파트너만 할 거야. 곧 지분 파트너 승급 심사지?"

"네."

"우리 서로 잘 부탁하자고."

강수빈은 한국에서 손꼽히는 대형 로펌인 법무법인 K&S의

십 년 차 변호사다. K&S의 대표변호사 중 하나인 송지훈 변호사가 그녀를 부른 것이 바로 그제였다. 그는 서울대 법대와 사법연수원의 까마득한 선배였다. 그는 거대 기업들을 자문하는 팀을 이끌고 있고, 강수빈은 기업자문 팀 중 공정거래법 관련 자문을 해주는 팀의 일원이었다. 송지훈 변호사의 리드로 여러 번 프로젝트에 참여한 적도 있었으나 크게 친분이 있는 사이는 아니었다. 개인적인 교류라면 그의 딸과 자신의 아들이 같은 중학교를 다니고 있어 몇 번 그에 관한 이야기를 섞은 적이 전부였다. 그런 그가 강수빈을 자신의 사무실로 부른 이유는 바로 자신의 딸 송아람이 가해추정학생으로 지목되었고 학교에서 열릴 학교폭력위원회에서 딸의 대리를 맡아달라는 부탁을 하기 위해서였다. 말이 부탁이지 이는 사실 명령과도 같았다. 그의 말처럼 강수빈은 곧 파트너 승진을 앞두고 있었다. 이 로펌에서 그의 영향력은 절대적이라 이건 어떻게 보면 절호의 기회였다.

강수빈은 찬물 한 잔에 잠이 깨버렸다. 그녀는 부엌을 지나 우측에 위치한 작은 침실 문을 살짝 열었다. 아들 이준은 새벽까지 게임을 했는지 컴퓨터 화면도 끄지 않은 채 이불도 덮지 않고 코를 골며 자고 있었다. 그녀는 이불을 덮어주며 송지훈 변호사의 심정을 헤아려보았다. 자신이 그의 입장이었어도 다르게 행동하지 않았을 것이다.

묘하게도 자신이 학교폭력을 당했던 시기도 딱 이때, 중학교 이 학년 즈음이었다. 칼처럼 찔러대는 말과 눈빛들, 어디선가 날아오는 쓰레기늘, 물에 젖은 교과서, 자신이 지나가면 들으라는 듯이 킬킬대는 웃음소리……. 이 모든 것에 대한 복수를 하겠답시고 자퇴 후 열심히 공부했었다. 공부를 열심히 하면 복수를 할 수 있을 줄 알았지만 공부에 매달리고 정신없이 살다보니 그녀는 이제 승진과 사건 처리에 허덕이는, 그냥 그런 평범한 변호사이자 워킹맘이 되어버렸다. 자신이 꿈꾸던 복수는 넷플릭스에서나 볼 수 있는 것이었다.

강수빈은 다시 잠들려는 시도를 포기했다. 이런 악몽을 꾼 날이면 어차피 다시 잠들 수 없다는 걸 그녀는 경험으로 알고 있었다. 그녀는 노트북을 열어 송 대표가 보내준 송아름의 기록들을 읽어 내려갔다. 강수빈은 열다섯 살의 자신은 구해주지 못했지만 어쩌면 송아름은 도와줄 수 있을지도 모른다.

월령 중학교는 학구열이 뛰어난 엄마들 사이에서 크게 유명한 학교는 아니었지만 평판이 괜찮은 곳이었다. 그만큼 학부모의 관심과 참여도 높아서 학교에 대한 요구가 드센 편이었다. 학폭위원회는 일주일 후 관할 학교 교무실에서 열릴 예정이었다. 피해추정학생인 박은비의 부모가 강력하게 학폭위를 열어줄 것을 학교 측에 요구했다고 한다.

강수빈은 약속장소인 청담동의 한 카페에서 기다리고 있었다. 조금 뒤 송아름이 엄마와 함께 들어왔다. 강수빈은 송아름의 엄마, 손수지를 로펌 연말 파티에서 몇 번 본 적이 있었다. 손수지는 원래 아랍에미리트 항공사의 승무원이었다가 자신보다 열 살 이상 많은 송 대표와 만나 결혼했다. 지금은 외국인들을 상대로 필라테스를 가르친다는데, 30대 중반이라고 해도 믿을 만큼 젊어 보이는 미인이었다. 실제로 강수빈 자신보다도 훨씬 어려 보이는 얼굴이었다.

"강 변호사님, 우리 아름이 억울해서 어떡해요. 잘 좀 부탁드려요."

그녀가 강수빈을 보자마자 손을 몇 번이고 잡았다.

"강 변호사님도 잘 알 거 아니에요, 우리나라 사람들은 애나 어른이나 얼마나 시기심이 많은지. 공부를 잘하거나 얼굴이 예쁘거나 둘 중 하나만 해야 하는 이상한 사회예요. 둘 다 가지고 있으면 이제 집단적인 광기에 휩싸여서 애를 죽여놔요."

"엄마, 구질구질한 말 좀 하지 마. 강 변호사 이모 정신없게 만들지 말고."

강수빈은 아름이를 어릴 때부터 봐왔다. 다섯 살 때 아름이는 자신의 아들 이준과 결혼하겠다고 떼를 쓰곤 했다. 그때도 아름이는 당돌한 아이였지만 어른들에게는 예의가 발랐다. 그 모습이 인상적이었기에 강수빈은 아름이를 좋게 평가하고 있었다. 여전히 아름이는 수빈에게 깍듯했다. 어떻게 보면 영악하다고 할 수 있는 태도지만 강수빈은 그런 아름이 밉지 않았다.

"다음 주 학폭위에서는 아마 진술서에 쓴 내용을 다시 확인할 거야."

강수빈은 차분하게 학폭심의회 절차를 설명했다.

"절차는 잘 알고 있어요. 두 번째니까요."

송아름이 의자에 상체를 완전히 기대 핸드폰으로 누군가에게 맹렬하게 문자를 보내면서 무심하게 대꾸했다.

"너도 그러니까 문제야! 좀 가만히 참지, 왜 굳이 또 그런 애들을 자극하고 그래?"

송아름 엄마가 등을 가볍게 때리며 나무라자 아름이가 신경질적으로 대꾸했다.

"그렇다고 당하고 있으면 정말 병신인 줄 알고 더 당해. 엄마는 알지도 못하면 좀 가만히 있으라고!"

"아이고, 사모님. 지금 아름이도 스트레스가 클 거예요."

강수빈은 겨우 둘의 말싸움을 말렸다. 이 나이대의 아이들은 부모가 아닌 다른 어른의 말에 더 높은 가치를 둔다. 강수빈은 손수지에게 능숙하게 눈을 찡긋했다. 자신에게 맡기라는 의미였다. 손수지는 그런 강수빈의 얼굴을 보며 남편의 말을 상기했다.

[강수빈 변호사에게 맡겨.]

[학폭 전문변호사도 아니라면서요.]

[강변이 더 잘할 거야. 그거 보기엔 순해 보여도 뱃속에 구렁이가 다섯은 들어앉았으니까.]

[그래도…….]

[그래도는 무슨 그래도! 애 관리도 제대로 못 해서 이 지경까지 끌고 왔으면서 지금 당신이 변호사 고를 때야? 알지도 못하면 가만히 있어!]

손수지는 한숨을 쉬었다. 남편이나 딸이나 항상 대화의 마무리는 자신을 향한 화풀이였다. 아름이가 저렇게 큰 건 굳이 따지자면 남편의 탓이었다. 적지 않은 나이에 외동딸을 얻은 송대표는 아름이가 해달라는 건 무엇이든 해주었고, 사달라는 건 다 사주었다. 제주도 기숙학교에서 문제를 일으켰을 때에는 피해 학생의 아버지가 판사라 다행히 쉽게 무마할 수 있었다. 판사 퇴직 후에 K&S의 파트너 자리를 약속해준 것이다. 두 번째 학교에서는 학교 교장이 송지훈의 이름을 보고 적극적으로 나서서 무마를 시켰다. 하지만 이런 학교에 박은비와 같은 부류의 애들은 오히려 잃을 것이 없어 골치 아픈 상대였다.

"이준이가 그러는데, 아름이가 정말 예쁘고 공부도 잘하는데 인기도 많아서 질투하는 아이들이 많았을 것 같대."

"이모, 거짓말하는 거 넘 티나요."

"거짓말 아냐."

강수빈의 너스레에 송아름의 기분은 상당히 풀린 듯했다.

"아름이도 잘 알겠지만 박은비 학생을 때린 동기에 대해서 분명히 물어볼 테니 한번 답변 연습을 해볼까? 자, 송아름 학생은 박은비 학생을 때렸다는 진술이 있었는데, 왜 그런 것입니까?"

질문이 끝나자마자 송아름은 기다렸다는 듯 거칠게 답했다.

"그 미친년이 더러운 쓰레기를 저한테 뒤집어씌웠어요. 그러니까 저도 홧김에⋯⋯."

"그래, 나 같아도 손이 나갔을 거 같아. 근데 위원들 앞에서는 욕은 빼야 하는 거 알지? '박은비 학생이 갑자기 쓰레기통을 던져서, 놀란 마음에 밀쳤다' 이 정도로 답변하자."

"네."

"현재 어떻게 학교생활을 하고 있는지도 물어볼 거야."

"그 부분에 대해서는 문제없지. 우리 아름이 성적이면 과학고까지 노릴 수 있을 텐데."

손수지가 참지 못하고 끼어들었다.

"아 엄마, 좀 나대지 좀 말라니까!"

송아름이 재차 신경질을 내며 쏘아붙였다.

"하하, 어머님 말씀처럼 아름이 성적이 좋긴 하네요. 다만 제가 걱정하는 부분은 이전 학교에서도 학폭위가 열렸다는 거라……."

강수빈이 말을 마치기도 전에 손수지가 끼어들며 말했다.

"아무런 처분도 받지 않았어요. 상대방도 자신이 잘못했다고 빌었고요."

그러자 송아름은 생각도 하기 싫다는 듯 얼굴을 찡그렸다. 실제로 기록에 보면 송아름은 어떤 처분도 받은 바 없었다. 심의 내용은 비공개니 학폭위가 열렸다는 사실만 가지고 불리한 처분을 내리기엔 애매한 면이 있다는 게 강수빈의 생각이었다.

"아름아, 그럼 박은비 학생에게 사과하거나 사과를 받을 의사가 있니?"

"아니요!"

송아름이 입술을 깨물고 눈물을 흘리기 시작했다. 슬퍼서가 아니라 분해서 흘리는 눈물이었다. 강수빈도 화가 나면 우는 스타일이기 때문에 잘 알 수 있었다.

"이모, 저 진짜 내신도 잘 받아야 하고, 전학 와서 안 그래도 짜증나 죽겠는데 그 미친년이 저한테 쓰레기를 던졌다고요. 일진이고 애들도 다 박은비 편인데, 제가 어떻게 해요 그럼. 여기서 센 척이라도 안 하면 전 진짜 쟤네들한테 밟히면서 살 텐데."

강수빈은 아름이가 하는 말을 이해할 수 있었다. 물론 아름이가 잘했다는 것은 결코 아니었다. 이준이가 들려주는 아이들의 얘기나 진술서를 읽어보아도 아름이가 백 퍼센트 피해자는 아니었다. 하지만 그럼에도 불구하고 강수빈은 아름이의 편을 들어주고 싶었다. 단순히 자신의 승진 때문만은 아니었다. 강수빈은 지난날의 자신과는 다르게 일진에게 맞선 아름이가 멋지다고 생각했다.

"저 진짜 9호 처분 받는다고 해도 절대로 박은비한테 사과 못 해요."

"얘가 무슨 말을 하는 거야! 네가 9호 처분은 왜 받아!"

손수지가 또 참지 못하고 소리를 질렀다. 강수빈은 자신의 중학생 시절을 떠올렸다. 그때에는 학교폭력이라는 용어도, 학폭위라는 절차도 존재하지 않았다. 대걸레 밑에 있던 자신의 교복 재킷을 찾아 용기를 내어 교무실로 갔을 때 자신을 무심하게 바라보던 담임 선생의 얼굴은 아직도 기억할 수 있었다. 그때 자신도 아름이처럼 물불 가리지 않고 싸웠다면 어땠을까? 하는 생각이 떠나지 않았다. 물론 강수빈에게는 로펌의 큰 지분을 소유하고 있는 아버지는 없었지만, 적어도 밤에 식은땀을 흘리며 악몽을 꾸는 일은 없었을 것이라 확신할 수 있었다.

강수빈은 송아름을 똑바로 쳐다보았다.

"아름아, 이 사건 충분히 이길 수 있어. 내가 결코 너 억울하지 않게 해줄게."

"이모……."

"대신, 좀 답답해도 내가 하자는 대로 해야 해. 할 수 있겠어?"

"……네. 뭐든지 할게요."

송아름이 눈물이 그렁그렁한 채로 씩씩하게 대답했다. 강수빈은 송아름의 어깨를 토닥여주며 생각했다.

양측이 팽팽할 때에는 희생 제물이 필요한 법이지.

강수빈은 학폭위원회가 열리기 전에 부지런하게 연락을 돌렸다. 다행히 관할 교육청 학교폭력위원들 중 두 명이 변호사였고, 한 명은 퇴직해서 K&S의 고문직을 맡고 있는 전직 교육부 차관의 후배였기 때문에 미리 어느 정도 이 사안에 대해 눈도장을 찍을 수 있었다. 이 사안이 학교 학폭위에서 잘못되어 교육청까지 넘어가더라도 송지훈 대표의 외동딸을 가해자로 섣불리 결론 낼 멍청이들은 없을 것이었다.

강수빈은 손수지에게 참고 진술을 해줄 학생이 있는지 알아봐달라고 부탁했다. 한 명이라도 유리한 진술을 해준다면 아름이의 진술에 신빙성을 더할 수 있을 터였다. 며칠 뒤 손수지는 이학준이라는 같은 반 학생의 진술을 확보했다고 했다. 이학준 학생이 학폭위에서 아름이에게 유리한 진술을 해주기만 한다면 아름이는 아무 문제없을 거라며 기뻐했다. 강수빈은 그녀가 어떻게 그 진술을 확보했는지 굳이 묻지는 않았다.

학폭위 당일 송지훈 대표는 참석하지 않았다. 그날은 K&S가 대리하는 대기업의 중요한 인수합병 협상이 있는 날이었다. 강수빈도 원래라면 그 회의에 참석해야 했다. 학교를 향해 걷는 그녀의 입맛이 썼다. 하지만 학폭위가 순조롭게 진행된다면 교육청 심의회로 넘어가지 않고 바로 당사자 간 결론을

낼 수 있다. 오늘 하루를 잘 버티고 좋은 결과를 낸다면 한 달 후에는 파트너로 승진할 수 있는 것이다. 강수빈은 이런 생각을 하며 기운을 내려 애썼다.

송아름은 몸에 꼭 맞게 수선하지 않아 얌전해 보이는 교복을 새로 구입해 입고 왔다. 손수지는 연한 화장을 하고 검은 원피스에 샤넬 재킷을 걸쳤다. 모두 강수빈이 신신당부한 대로였다. 박은비는 부모님과 함께 참석했다. 박은비의 부모는 화가 났는지 긴장을 했는지 둘 다인지 알 수 없는 굳은 표정으로 앉았다. 강수빈은 그들이 변호사를 데리고 오지 않았다는 사실을 확인했다. 참고인석에는 담임 선생인 이미아와 오늘 상황에 대한 진술을 해줄 남학생 한 명이 어깨를 잔뜩 움츠린 채 앉아 있었다. 강수빈은 손수지로부터 이학준이라는 남학생이 아름이에게 유리한 진술을 해줄 것이라는 얘기를 들었지만 크게 기대하지 않기로 결심했다. 재판에서는 항상 증인들이 뒤통수를 친다. 자신의 경험상 저렇게 소심해 보이는 학생이라면 송아름의 집안 배경보다는 학교에서의 서열을 더욱 의식할 가능성이 높다.

"자, 시간상 저희에게 제출된 송아름 학생과 박은비 학생의 진술이 어긋나는 부분부터 먼저 확인하겠습니다."

위원장으로 앉은 교장이 심의를 진행했다.

"박은비 학생은 송아름 학생이 갑자기 자신의 공책을 치고 항의하는 자신의 얼굴에 주먹으로 가격했다, 고 진술서에 써 있습니다. 송아름 학생 맞습니까?"

"아니요. 박은비가 먼저 제게 시비를 걸었습니다. 제가 지나가면서 공책을 살짝 쳤을 수는 있지만 일부러 그런 것이 결코 아닌데 그를 빌미로 제게 발길질을 하고 화를 내더니 쓰레기통을 제게 덮어씌웠습니다. 저는 정말 큰 수치심과 모멸감을 느꼈고 저도 모르게 박은비를 가격한 것입니다."

송아름은 강수빈이 연습시킨 대로 또박또박 진술했다. 발길질을 했다는 건 과장이지만 어쨌든 박은비가 먼저 위협을 가한 것이니 그렇게 표현해도 나쁘지 않겠다 싶었다.

"아니에요! 야 니가 먼저 치고 지나갔잖아! 그래서 저도 쓰레기통을 발로 찬 거예요!"

송아름의 진술이 끝나자 앉아 있던 박은비가 악을 쓰며 말했다. 박은비의 부모도 삿대질을 하면서 송아름을 비난하기 시작했다. 손수지의 입술이 떨리는 것을 보고 강수빈은 그녀의 무릎에 살짝 손을 얹었다. 흥분하는 쪽이 반드시 진다. 승리를 예감한 강수빈이 살짝 끼어들며 덧붙였다.

"박은비 학생의 진술서와 송아름 학생의 진술서에 보면 박은비 학생이 쓰레기통을 가져와서 송아름 학생에게 쓰레기를 부었다고 기재되어 있는데 박은비 학생의 진술이 바뀌었네요?"

"쟤가 저를 치고 지나가니까 저는 열 받아서 쓰레기통을 발로 찬 거죠."

박은비가 황급히 반박했다. 강수빈은 박은비가 안타까울 지경이었다. 무리하게 일부라도 거짓말을 하면 진실인 나머지 부분도 거짓이 된다.

"그런데 쓰레기통이라고 하면 보통 교실 뒤편에 놓여 있을 텐데. 교실 뒤쪽까지 가서 송아름 학생을 향해 쓰레기통을 발로 겨냥해서 찼다는 건가요? 아니면 쓰레기통이 갑자기 기적적으로 박은비 학생 앞에 놓여 있었다는 건가요?"

"이봐, 변호사 양반! 애 말꼬리를 왜 잡고 늘어져?"

박은비의 아버지가 결국 참지 못하고 강수빈에게 소리를 질렀다. 강수빈은 못 들은 척하며 위원들을 향해 말했다.

"쓰레기통을 발로 찼건 손으로 던졌건 위험도로 따지면 주먹으로 가격한 것보다 이게 훨씬 더 위험한 행동입니다. 형법도 특수폭행이라고 해서 흉기나 위험한 물건으로 사람을 가격할 때 가중처벌을 하는 것 아시죠?"

"아니, 쓰레기통이 무슨 흉기예요? 말이 되는 소리를 지껄여야지!"

"우리 형사판례에는 쓰레기통과 같이 모서리가 있는 플라스틱 상자 등도 위험한 물건이라고 판단한 사례들이 있습니다."

"말도 안 돼요!"

박은비와 그의 부모는 이제 의자에서 일어나 강수빈에게 달려들 기세로 소리를 지르기 시작했다. 각자 소리를 치는 바람에 그들이 정작 무슨 말을 하는지 아무도 이해하지 못했다. 학폭위원들도 질린 표정을 짓고 있었다.

"자자, 양측 진정하고 앉아주세요! 송아름 학생, 오만 원권을 박은비에게 던졌다는 것도 사실인가요?"

"아닙니다. 저는 오만 원을 박은비에게 던진 게 아니라, 박은비가 제가 지나가면서 공책을 쳤다고 계속 주장하면서 공책이 찢어졌다며 손해배상을 지속적으로 요구해, 저는 정말 무섭고 위협을 느껴서 가지고 있던 오만 원을 어쩔 수 없이 준 것입니다.”

위원들이 기록을 보면서 고개를 끄덕이며 서로 속삭였다. 그 모습을 보고 마음이 다급해졌는지 박은비가 외쳤다.

“와, 저거 진짜 구라 장난 아니네. 아니에요! 저게 먹고 떨어지라는 듯이 돈을 넌졌다고요! 사람을 거지 취급한 거예요.”

“아니요. 분명히 공책이 찢어졌다면서 돈을 요구했습니다.”

송아름은 한 치의 흐트러짐 없이 위원들의 눈을 똑바로 바라보며 발언했다. 강수빈이 코치한 대로였다.

“저게 진짜 돌았나!”

“이봐요, 애가 아니라고 하잖아요. 건방지게 누구한테 돈을 던져?”

흥분한 박은비와 부모가 자리에서 일어나 고함을 치자 담임 선생인 이미아가 진정시키려 말을 건넸다.

“은비야, 그리고 어머님 아버님, 조금 진정하시고…….”

“우리 애가 피해를 입었는데 누구보고 진정하라 마라야, 당신? 저쪽한테 돈 받아먹었어? 하여간 이런 것들이 선생이라고……!”

담임 선생과 여러 위원들이 박은비와 그 부모의 거친 언행에 안절부절못하는 것이 보였다.

강수빈은 자신의 작전이 어느 정도 잘 맞아떨어지는 것 같아 조마조마하면서도 흐뭇한 기분으로 심의 진행을 바라보았다. 중학생 강수빈은 너무 어렸다. 그때 그들의 폭력에, 어른들의 무심한 추궁에 이렇게 요령 있게 답변을 코치해주는 누군가가 있었으면 얼마나 좋았을까, 하는 생각에 강수빈은 묘한 충족감을 느꼈다. 마치 본인이 지금 송아름이 아닌 삼십 년 전의 자신을 변호해주는 기분이 들었다.

"위원장님, 보시다시피 본 건은 학교폭력사안이라기보다는 쌍방 폭행사건에 가깝고 잘 들어보시면 오히려 송아름 학생이 피해자에 가까울 수 있습니다."

교장은 당황했다.

"하지만 송아름 학생이 박은비 학생을 주먹으로 가격한 것은 사실이고, 그로 인해 전치 이 주의 부상이……."

강수빈은 교장이 어떤 부류인지 직감했다. 이런 어른들은 아이들보다, 선생님보다, 진실보다 자신의 안위가 우선이다. 이런 이들을 움츠러들게 하려면 최악의 시나리오를 계속 던져주면 된다.

"위원장님, 교편을 오래 잡으셨으니 잘 아실 겁니다. 한 아이가, 그것도 전학 온 지 얼마 되지 않은 학생 개인이 일진집단과 그 주변 학생들에게 당하는 언어폭력과 차가운 시선이 그 어떤 물리적인 폭력보다도 견디기 힘들다는 걸요."

일부 위원들이 강수빈의 말에 고개를 끄덕였다.

"물론 송아름 학생의 행동이 잘못된 것이라는 사실에는 변명의 여지가 없고, 그에 대해서 송아름 학생 역시 깊은 반성을 하고 있습니다. 그렇지?"

강수빈이 이 말을 마치자마자 송아름이 조용히 일어서 고개를 깊이 숙이며 말했다.

"다시는 이런 일이 없도록 하겠습니다."

"그럼 송아름 학생, 박은비 학생에게 사과하고 화해를 할 의사가 있나요?"

강수빈은 긴장했다. 수차례 연습했지만 송아름이 이 고비를 잘 넘겨야 결정적인 카드를 사용할 수 있다. 다행히 송아름은 연기를 아주 잘했다.

"그럼요. 저는 계속 화해를 하고 싶었는데……. 은비가 계속 저를 고소하겠다고 하고, 학교 아이들은 은비 말만 듣고……. 선생님은 제 말을 하나도 믿어주지 않으시고……."

"웃기지 마요, 제가 왜 쟤랑 화해를 해요? 제가 피해잔데!"

"누구 맘대로 화해를 합니까? 우리는 절대로 저 기집애가 싹싹 빌기 전까지는 용서 못 합니다. 돈 좀 있는 집안인 모양인데, 서민들 이렇게 짓밟아도 되는지 한번 봅시다. 방송국이고 교육청이고 다 제보할 겁니다."

강수빈은 위원들의 미묘한 표정을 보면서 고지가 멀지 않았음을 직감했다. 겉으로 드러나지는 않지만 위원들은 이미 박은비와 그 부모의 태도를 보고 의사결정을 완료했다. 법원이든 학폭위든 사람이 판단하는 곳에는 늘 태도가 많은 것을 좌우한다. 이번에도 마찬가지다.

"그럼 참고인 진술 들어보겠습니다."

이학준이라는 소심해 보이는 남학생이 일어났다. 이제까지 담임 선생으로 보이는 여성 옆에서 불안한 듯이 앉아 있던 소년이었다.

"이학준 학생은 박은비 학생이 송아름 학생에게 쓰레기통을 가져와 거꾸로 들고 쓰레기를 붓는 것을 봤나요?"

"네."

"송아름 학생은 박은비 학생이 쓰레기를 붓기 전에, 자신을 먼저 발로 찼다고 주장했습니다. 그것을 봤나요?"

"아뇨. 못 봤어요."

이런. 강수빈은 속으로 혀를 찼다. 손수지가 옆에서 '뭐?' 하고 자리에서 일어서려는 것을 강수빈이 애써 앉혔다.

"그럼, 먼저 폭력을 가한 건 누구죠?"

"아름이가 주먹으로 은비 얼굴을 때렸어요."

이학준이라는 학생이 회의실에서 나가고 박은비와 그의 부모들이 의기양양한 얼굴로 웃고 있는 것을 본 강수빈은 실소했다. 물론 이학준의 진술은 송아름에게 불리한 부분도 있었지만 오히려 유리한 진술이었다.

"이학준 학생 역시 박은비 학생이 직접 쓰레기통을 가져와서 들이부었다고 하네요. 발로 찬 게 아니라?"

"그건 저 찐따가 잘못 보거나 거짓말한 거예요."

박은비의 표정이 굳는 모습을 강수빈은 여유롭게 바라보

았다.

"그리고 송아름 학생이 박은비 학생을 발로 차는 것은 보지 못했다고 하는데, 그것도 거짓말인가요?"

"그건 맞죠!"

박은비는 아직 강수빈을 상대하기엔 어렸다. 강수빈은 박은비의 말에 전혀 동요하지 않고 위원들을 바라보며 다시 질문했다.

"그것 참 신기하네요. 본인에게 유리한 진술은 사실이지만, 불리한 진술은 거짓이라니."

"뭐가 어째?!"

박은비의 아버지가 소리를 질렀지만, 강수빈은 전혀 들리지 않는 척했다.

"그러면 정리를 해보죠. 참고인 진술에 따르면 먼저 노트로 시비를 건 게 박은비 학생이고, 노트를 빌미로 공갈을 해 돈을 갈취한 것도 박은비 학생, 쓰레기통으로 폭행을 먼저 한 것도 박은비 학생이네요."

"아니 저 남자애가 분명히 그랬잖아, 그쪽이 폭력을 먼저 행사했다고! 그리고 언제 돈을 갈취했다 그래? 쓰레기를 좀 던졌다고 그게 무슨 폭행이야. 무슨 변호사가 이래? 당신 무슨 학교 나왔어?"

박은비의 엄마가 신경질적인 목소리로 계속 강수빈을 향해 삿대질을 했다.

"그건 중학생 관점이죠. 법에 따르면 쓰레기통을 사람에게 가져다 붓는 것도 폭력입니다. 자 생각해보세요. 만일 쓰레기통에 깨진 유리병이라도 있어서 송아름 학생의 얼굴에 큰 상처라도 났다면, 그건 폭력입니까 아닙니까?"

"아니 그런……."

"진짜 그런 일이 있었다면 어머님, 지금 여기 학폭위가 아니라 경찰서에서 조사를 받고 계실 겁니다."

강수빈은 박은비 측이 멈칫하는 것을 보았다. 그녀는 그 흐름을 놓치지 않았다.

"그러니까 위원장님, 이 사건은 아무리 잘 봐줘도 쌍방 폭행이지 박은비 학생이 피해자인 학교폭력이 아닙니다. 여기 이미아 담임 선생님께서도 제일 잘 아시지 않겠어요? 평소에 박은비 학생이 어떤 학생이었는지. 이미아 선생님, 박은비 학생이 소위 일진이라는 집단에 속한 것으로 스스로를 소개하고 다닌 것이 맞지 않습니까?"

"네……? 그…… 그게 그렇게 말할 수 있는 건 아니고……."

이미아 선생은 예상하지 못한 질문이었는지 제대로 대답을 하지 못했다. 강수빈은 이미아가 한심해 보였다. 학교에서 학생들이 어떤 지옥을 겪든 선생이라는 존재는 대부분 관심이 없었다. 이 사람도 그런 부류일 것이라고 그녀는 추측했다. 특히 젊은 선생이라면 특별한 사명감 없이 월급쟁이 공무원으로서의 정체성을 가지고 있을 것이 뻔했다. 덕분에 자신이 이렇게 고생한다는 생각에 강수빈의 말투가 더욱 뾰족해졌다.

"이런 쌍방 싸움의 경우에는 담임 선생님께서 충분히 학급 내에서 해결할 수 있는 사안이라고 생각됩니다. 송아름 학생의 경우에는 사과를 할 의사도, 화해를 할 의지도 충분하지 않습니까. 이런 상황에서 학폭위까지 열어 아이들과 부모님들의 마음에 상처를 내는 게 과연 타당한 대응이었는지 의문이 드네요."

이미아 선생은 뭔가 할 말이 있는 듯했지만 이내 고개를 숙였다.

"분명히 말씀드리지만 이 사안으로 송아름 학생이 어떠한 불이익이라도 입게 된다면 박은비 학생 측을 공갈, 협박, 폭행 그리고 상해미수죄로 고소할 것이고 담임 선생님, 교감, 교장 선생님을 포함해 학교에 대해서도 고소장을 접수할 겁니다. 위 범죄들에 대한 방조죄로요."

"아니, 그건 너무 과한 대응 같은데⋯⋯." 교장이 기겁했다.

"전혀요. 여기 송아름 학생은 의대 진학을 목표로 하고 있고 지금 성적을 유지한다면 충분히 의대에 진학할 수 있는 수준의 학업능력을 지니고 있습니다. 이번 불미스러운 사안으로 미래가 불투명해진다면 그에 따른 책임을 누군가는 져야 하지 않겠습니까."

박은비에게는 일주일간 출석정지, 송아름에게는 모든 사정을 참작해 가벼운 경고 정도로 처분이 내려졌다.

"이모 최고!"

"강 변호사, 정말 고생 많았어요. 아유, 우리 강 변호사가 정말 말을 어쩌나 속 시원하게 잘하는지. 내가 우리 바깥양반에게 얘기 잘 할게요."

반면에 결과를 들은 박은비 측의 분위기는 험악했다. 박은비의 부모는 담임 선생인 이미아에게 번갈아가며 분을 풀어 댔다.

"당신 같은 선생이 제대로 중재를 못하니 우리가 이런 꼴을 당하는 거 아냐?"

"애초에 왜 애들 싸움을 여기까지 끌고 오냐고요! 선생님 선에서 해결하면 될 것을!"

"요즘 선생들은 이렇게 하고도 월급 따박따박 받고 방학은 다 챙겨서 놀겠지."

"두고봐, 내가 당신 옷 벗게 해줄 거야. 학교 앞에서 일인 시위 한번 해줘?!"

강수빈은 그들의 폭언에 이미아 선생의 고개가 점점 수그러 드는 것을 보았다. 앞으로 저들에게 계속 시달릴 것이 뻔히 예상되어 은근히 미안한 마음이 들었다. 소송을 수십 년 해온 베테랑 송무 변호사들도 저런 부류의 의뢰인들을 만나면 고개를 절레절레 흔들기 일쑤였다. 강수빈은 이미아 선생에게 자신의 명함을 주면서 박은비 부모에게 과도한 괴롭힘을 당하면 연락을 달라고 다가가려다 그만두었다. 자신이 병 주고 약 주는 위선자로 보일 것 같아서였다.

그리고 강수빈은 광화문에 있는 K&S 사무실로 복귀했다. 며칠을 비웠을 뿐인데 정말 오랜만에 돌아온 느낌이었다. 그녀는 마음속의 찝찝함을 털어내기 위해 이메일을 열었다. 그녀의 일처리를 기다리고 있는 129건의 새로운 메일들이 오히려 반가운 마음이 들었다.

이후 송지훈 대표에게 간단한 치하의 말을 들은 강수빈은 이 사건에 대해서는 잊고자 노력했다. 실제로 매일 바쁜 일상을 보내다보니 송아름이나 박은비의 기억은 사라지는가 했다. 얼마 후 아들의 카카오톡이 오기 전까지는 그랬다.

　－ 엄마, 나 지금 집.
　－ 왜? 조퇴했어? 어디 아파?
　－ 아니. 지금 학교 난리 남. 옆 반 선생님이 죽었대.

이준이가 눈물 흘리는 강아지 이모티콘을 함께 보냈다. 강수빈은 갑자기 찬물을 머리에 뒤집어쓴 기분이었다. 불길한 예감에 그녀는 떨리는 손가락으로 폰에 서둘러 글씨를 입력했다.

- 선생님이?

- 학교에서 돌아가셨대. 지금 학교 난리 나고 경찰 엄청
  많아.

- 혹시 아름이네 반 선생님⋯⋯?

아들이 자신의 톡을 읽고 답변을 입력하는 시간이 억겁과도
같이 느껴졌다.

- ㅇㅇㅇㅇ 어떻게 알았어? 이미아 쌤 ㅠㅠ

강수빈은 핸드폰을 책상 위에 두고 멍하게 벽을 바라보았다.
며칠 전 고개를 푹 수그린 채로 손수지의 칼날 같은 눈빛과 박
은비 부모의 온갖 폭언을 혼자 받아내던 젊은 여성의 모습이
생생하게 떠올랐다. 자신이 학폭위에서 이미아 선생을 바라보
며 뱉어낸 말들 역시 한마디 한마디 기억이 났다.

강수빈 자신도 알고 있었다. 이미아 선생은 잘못이 없다는
걸. 하지만 학교폭력 사건에서 담임 선생님이 희생양이 되는
건 이미 빈번한 일이었다. 담임 선생님 탓을 하는 게 학교로서

도, 변호사로서도, 피해자나 가해자로서도 가장 쉬운 방법이었다.

어른이니까, 담임 선생님이니까 잘 견딜 수 있겠지, 하고 생각했던 거다. 강수빈은 손끝이 차가워지는 걸 느꼈다. 이미아 선생의 앳된 얼굴이 자꾸 떠올랐다. 자신이 그 회의실에서 이미아 선생에게 화살을 돌릴 때 당황하던 눈빛이 머릿속에 반복해서 재생되었다.

왜 이제 그녀의 얼굴이 새삼 생생하게 떠오르는 걸까. 꼬리를 물고 떠오르는 질문들이 강수빈의 머리를 어지럽혔다. 갓 대학교를 졸업하고 바로 이 학교로 부임했던 걸까? 혹시 처음 담임을 맡았던 걸까? 그녀를 내가 지나치게 몰아세운 걸까? 강수빈은 자리를 박차고 일어나 가방을 들고 사무실을 나왔다. 어디로 가야 할지 알 수 없었다. 마지막으로 떠오른 생각에 강수빈은 견딜 수가 없어졌다.

이미아 선생 역시 누군가의 아이였을 텐데.

월령 중학교의 휴교령은 이튿날이 되자 해지되었다. 이준은 강수빈에게 많은 얘기를 해주지는 않았지만, 단톡방에서 친구들과 여러 이야기를 나누는 모양이었다. 이준은 약간 풀이 죽어 보였다. 자신의 담임은 아니었지만, 학교에서 학생들에게 인기가 있는 선생님이었다고 했다. 특히 조용하고 책을 좋아하는 아이들과 판타지 소설에 관해서 수다를 떨면서 친해지기도 했다고 한다.

강수빈은 회사에 휴가를 냈다. 송지훈이나 손수지로부터는 아무런 연락이 없었다. 잘 모르지만 인터넷 커뮤니티라는 곳에 익명으로 이미아 선생 사건이 화제가 되면서 점점 사건은 눈덩이처럼 커지고 있었다. 뉴스와 신문에서는 줄지어 이 사건을 분석하는 기사들이 보도되었다. 이상하게도 학폭 사건은 이야기 속에서 도려낸 듯이 빠져 있었다. 강수빈은 송지훈이 이미 손을 써두었을 것이라고 짐작했다. 송지훈은 한국에 존재하는 모든 메이저 언론사들의 수장들과 안면을 트고 그들의 법률 자문을 해주고 있었다. 그럼에도 불구하고 강수빈은 혹시라도 자신의 이름이 조금이라도 언급될까봐 잠을 설쳤다.

강수빈은 이준에게 자신이 송아름의 변호를 맡았다는 얘기를 꺼내지 않았다. 강수빈은 이준을 낳았을 때, 무조건 평범하게 키우는 것을 양육 목표로 삼았다. 찐따도 일진도 아닌, 운동을 좋아하고 게임을 좋아하는, 평범한 성적과 평범한 청소년 시절을 주고 싶었다. 강수빈 자신이 갖지 못했던 것을 말이다. 그녀의 바람은 다행히 지금까지 잘 이루어졌다.

"엄마, 요즘 교장 교감 선생님이 학교에서 어쩌는 줄 알아? 아니 평소에는 얼굴도 거의 안 보이던 사람들이 이미아 선생님 추모하려는 사람늘 오기만 하면 먼저 나가서 내쫓는다? 심지어 우리한테도 아무 일 없던 것처럼 지내라고 막 그래. 우리가 선생님 왜 돌아가셨는지 궁금해하는 것도 싫어한다니까? 아니 송아름이랑 박은비 때문에 돌아가신 거 누가 봐도 맞는 것 같은데 왜 덮으려고만 하냐고 짜증나게."

이준은 하교 후 밥을 먹으면서 열변을 토했다. 강수빈은 정의감에 불타는 아들 앞에서 차마 자신이 송아름을 대리했다는 고백을 할 수가 없었다.

강수빈은 온라인 커뮤니티와 각종 뉴스, 유튜브들을 샅샅이 살폈다. 혹시라도 자신의 이름이 나오지 않을까, 그래서 결국 아들이 자신을 경멸하게 될까봐 공포에 질렸다. 학교에는 마치 솜을 흩트린 듯한 흰 국화들과 화환들이 구름처럼 모였다. 학교의 아이들과 선생님들 그리고 전국의 선생님들이 찾아와 이미아 선생을 추모했다. 뜻있는 선생님들과 아이들은 학교에서 선생님을 추모하는 공간을 따로 만들었다고 했다. 강수빈은 이 소용돌이 속에서 마치 물속에 있는 것처럼 멍한 느낌으로 시간을 보냈다.

사태는 점점 진실게임 형국으로 치닫고 있었다. 익명 게시판에는 누군가 송아름과 박은비를 비난하는 글을 올렸다.

이미아 선생님이 돌아가시기 전 선생님을 만난 사람입니다. 선생님이 남긴 유서를 갖고 있어요. 유서의 내용을 보면 누군가 선생님을 괴롭혀서 그런 선택을 한 것이란 걸 알 수 있습니다. 아무도 말하지 않지만, 누구 때문인지 솔직히 다들 알잖아? 송아름과 부모, 박은비와 부모, 교장 그리고 모른 체한 모든 사람. 바로 지금 이 글을 읽는 너! 모두 가해자야! 어서 잘못을 뉘우치고 사과해. 그렇지 않으면 유서를 공개할 거다.

강수빈은 모골이 송연해졌다. 드디어 송아름의 이름이 등장했다면 자신의 이름이 나타나는 것도 시간문제였다. 언론은 익명 글에 나온 학생들의 이름을 가명 처리했지만 유튜브나 SNS에서는 박은비와 송아름의 신상캐기가 시작되었다. 다음 날에는 똑같은 익명 게시판에 송아름에 대한 글이 올라왔다. 송아름 아버지가 대형 로펌의 대표변호사이며, 그들이 이미아 선생을 고소하겠다고 괴롭혔다거나 송지훈이 박은비의 아버지에게 폭행을 가했다는 거짓까지 교묘하게 섞여 있었다.

"강 변호사, 이거 어떻게 수습할 거예요?"

손수지의 전화였다.

"수습이요?"

"그래요 수습! 강 변호사를 믿고 맡긴 건데 이럴 수가 있어요? 대체 일 처리를 어떻게 하길래!"

강수빈은 직감했다. 이 여자는 지금 남편인 송지훈에게 잔뜩 타박을 받고 자신에게 화풀이를 하고 있는 것이리라. 강수빈은 최대한 부드럽게 전화를 받으려고 노력했다. 하지만 손수지는 부드럽게 넘어갈 생각이 없는 듯했다.

"아니, 그 남자애도 그렇고, 다들 왜 말을 제대로 안 듣는 거야? 우리 아름이 인생 망치면 당신들이 책임질 거냐구! 다들 싹 고소해버리던가 해야지. 선생 하나 죽은 게 왜 우리 아름이

탓이냐고……!"

"사모님, 일단 사실이 아닌 보도들에 대해서는 법적 대응을 하고……."

"대응은 우리 남편이 할 거고! 강 변호사도 이번 일 제대로 해결 안 되면 알아서 해요. 별 거지 같은 학교에 애를 보낸다고 할 때부터 알아봤네. 거지 같은 학교에 무슨 무능한 선생 하나가…!"

강수빈은 전화를 끊었다. 더 이상 듣고 있어야 할 이유는 없었다. 그녀는 전화통화가 잘 녹음이 되었는지 확인했다.

학부모 단톡방은 이틀 전부터 불이 나고 있었다. 강수빈이 카톡을 열자 300+라는 읽지 않은 수백 개의 메시지가 단톡방에 떠 있었다. 어떤 부모들이 단체 성명을 받고 있었다. 면학 분위기 조성을 위해서 모든 화환을 치우고 추모 공간을 철거해달라고 구청과 관할 교육청에 민원을 넣자는 것이었다. 이에 거세게 반대하며 진상을 밝혀서 아이들에게도 무슨 일이 일어났는지 정확히 알려줘야 한다는 의견도 만만치 않았다. 교장 선생은 강수빈에게 수차례 전화를 걸어 자신이 지금 얼마나 불안한지, 정년퇴임이 얼마 남지 않았는데 이번 일로 법적인 처벌을 받는 건 아닌지 자문을 구해왔다. 강수빈은 그의 반복되는 질문에 질려 더 이상 그의 전화를 받지 않고 있었다.

강수빈은 손수지의 전화를 받고 비로소 차분해졌다. 앞으로 자신이 가장 먼저 해야 할 일은 가장 두려운 상대에게 고해성사를 하는 일이라는 걸 깨달았다. 강수빈은 아들 이준에게 다가갔다.

"이준아, 엄마가 할 말이 있는데……."

"응, 듣고 있어."

이준은 온라인게임을 하느라 정신이 없었다. 강수빈은 차라리 잘됐다 싶었다. 최대한 가볍게 말을 꺼내고 싶었다.

"있잖아…… 만일, 만약에 엄마가 네 기준에서 옳지 않은 짓을 했다면 어떨 거 같아?"

말을 들은 이준이 힐끔 강수빈을 쳐다보더니 덤덤히 말했다.

"뭐, 기분이 더럽겠지."

"그래? 그게 끝이야?"

"아니 근데 엄마가 반성하고 피해를 변상하면 되잖아."

"……그런데 그 과정에서 혹시라도 너한테 피해가 가면 어떨 거 같애?"

“……”

이준은 답이 없었다. 아오, 죽었네, 중얼거리며 컴퓨터 화면을 응시하더니 강수빈과 눈도 맞추지 않고 한마디를 툭 내뱉었다.

“송아름 변호한 거?”

강수빈은 얼어붙었다.

“알고…… 있었어?”

“응. 송아름이 겁나 나대면서 우리 반에 와서 나한테 떠들었어.”

강수빈은 오른손으로 이마를 짚었다. 어른들은 아이들에게도 생각과 언어가 있다는 사실을 자주 잊어버린다. 강수빈이 한동안 말이 없자 이준은 아무렇지도 않게 말했다.

“엄마, 엄마가 어릴 때부터 그랬잖아. 잘못했으면 반성하고 사과하고, 그리고 바로잡으면 된다고.”

“응…… 맞아. 근데 너무 쉽게 얘기했나봐. 막상 내가 하려니 쉽지가 않네. 그리고 이미아 선생님은…… 이미 돌아가셨잖아.”

“솔직히 이미아 선생님이 엄마 때문에 돌아가신 건 아니지 않아? 내가 엄마 일이라서 그렇게 생각하고 싶은 것도 있지만."

"나도 그렇게 생각하고 싶어. 그런데…… 아니겠지? 엄마도 뭔가, 선생님이 그런 선택을 하는 데 있어서…… 어떤…… 역할을 했을 수도…… 있어."

강수빈의 목소리가 꺼칠해졌다. 그녀가 이제까지 부인하고 싶었던 하나의 문장이었다. 자신은 아무런 역할이 없었을 거라고. 하지만 그녀가 가장 잘 알고 있었다. 그녀는 그 자리에 있었고, 그 연극에서 역할이 분명히 있었다. 이준은 그녀의 목소리에 눈빛이 진지해졌다.

"엄마가 하고 싶은 대로 해. 욕할 사람은 욕하고, 아닌 사람은 안 하겠지, 뭐. 엄마가 늘 얘기했잖아. 잘못했으면 그 부분에 대해서는 사과하고 책임지라고. 엄마, 난 사실 엄마 때문에 이 미아 선생님이 그런 선택 했다는 생각은 잘 안 들어. 엄마는 그 애들이 어땠는지, 그 반 분위기가 어땠는지도 잘 모르잖아. 근데 엄마가 책임감을 느낀다면 엄마가 그 부분에 대해서 책임질 거지? 그럼 됐어. 나는 내가 알아서 할게. 내가 욕을 먹으면 먹고, 혹시 자퇴라도 해야 한다면 뭐, 롤드컵 준비할게."

이준은 킬킬거렸다. 강수빈도 덩달아 어이가 없어 웃어버렸다. 강수빈은 아들이 자신을 경멸하지 않는다는 사실에 마음이 놓였다. 밤마다 꿈속에서 강수빈은 열다섯 살이 되었고 열다섯 살 자신을 향해 깔깔 웃던 친구들 중에 이준의 얼굴이 있는 꿈을 꾸곤 했다. 다행히 꿈은 현실이 아니었다.

"아이고…… 똥 기저귀 차고 다니던 박이준 씨가 언제 이렇게 의젓해졌대."

"아놔, 그놈의 기저귀 얘기 언제까지 할 거냐고."

강수빈은 이준의 머리를 계속 쓰다듬었다. 동글동글한 머리 모양은 아기 때와 똑같았다. 강수빈은 갓난아이의 머리를 쓰다듬던 서른한 살의 자신은 이제 존재하지 않는다는 사실을 새삼 깨달았다. 아이들의 입꼬리를 가장 공포스러워하던 열다섯 살의 자신도.

열다섯 살의 강수빈은 날마다 학교 옥상에서 몸을 던지는 상상을 했다. 지금도 강수빈은 가끔 그때를 떠올린다. 그때 옥상에서 하염없이 하늘을 바라보던 강수빈은 삼십 년 후의 지금을 상상할 수 없었다. 이미아 선생도 그날 그런 기분이었을까? 강수빈은 그날 명함을 전달해주지 않은 것을 수없이 후회했다. 이 사건을 맡은 것을 후회했다. 승진을 욕심낸 것을 후회했다. 어쩌면 자신이 이 연극에서의 역할을 맡지 않았다면 이미아 선생에게도 삼십 년 후가 있었을 것이다. 사십 년 후 역시.

강수빈은 이학준 학생의 연락처를 찾아냈다. 학폭위 참고인으로 연락처를 저장해둔 것이 있었던 것이다. 강수빈이 전화해서 방과 후 만남을 요청하자 학준은 예상외로 순순히 응했다. 이준의 말에 따르면 익명 게시판에 글을 올린 것도, 이미아 선생님을 마지막으로 본 것도 이학준이었다고 한다. 덕분에 이학준을 영웅이라고 부르는 아이들이 학교에 많다고 했다. 강수빈은 카페에서 이학준을 기다리면서 습관적으로 유튜브를 확인했다. 전국에서 월령 중학교에 화환들이 배달오고 포스트잇이 교실 곳곳에 붙고 선생님들이 집단행동을 하겠다는 이야기가 나오고 있는 현실의 이면으로 웹 세상에서는 그야말로 '사이버 레커'들이 온갖 이야기들을 배설해내고 있었다.

그중에는 상당수 송지훈과 손수지가 의뢰한 콘텐츠일 것이라고 강수빈은 추측했다. 몇몇 유튜버들이 마치 동일한 대본으로 영상을 만든 것처럼 이미아 선생님에게 남자친구가 몇 명이 있었다느니, 빚이 있어 결혼 문제로 남자친구와 불화가 있었다느니, 이로 인해 이미아 선생에게 우울증이 있었다는 둥 유사한 내용의 영상을 올려놓았다. 그리고 마치 누군가의 사주를 받은 듯이 댓글들의 논조도 비슷했다. 개인의 문제로 극단적인 선택을 한 이미아 선생을 왜 추모하느냐는 비아냥이 었다.

강수빈은 시험 삼아 송아름과 박은비의 초성을 사용해 '이미아 선생님은 ㅅㅇㄹ ㅂㅇㅂ 학생들의 학폭 문제로 많이 힘드셨던 것으로 알고 있습니다'라고 댓글을 달았다. 강수빈의 댓글은 일 분 내로 삭제되었다. 송지훈은 소송에서도 레드 헤링(red herring) 전략, 즉 사건의 쟁점을 엉뚱한 곳으로 돌려버리는 전략을 잘 쓰는 변호사로 유명했다. 자신의 딸 사건에도 그 전략을 사용하고 있는 듯했다.

강수빈은 한숨을 쉬며 기계적으로 핸드폰의 화면을 휙휙 올리는데 카톡창이 떠올랐다. 이준이 어떤 유튜브의 링크를 보낸 것이다. 링크 외에 다른 메시지는 일절 없었다. 강수빈이 링크를 클릭하자 유튜브 앱이 실행됐다. 하나의 영상이 화면을 채웠다. 영상의 섬네일이 그녀에게 섬뜩하게 느껴졌다.

우리 모두는 각자의 사정이라는 감옥이 있다. 그리고 그 안에
진실을 가둔다.

'이슈 톡톡'이라는 유튜버가 올린 영상이었다. 채널을 봐서
는 흔한 사이버 레커 채널인 듯했다. 하지만 저 섬네일이 달린
영상은 왠지 나쁜 영상과 분위기가 달랐다. 영상이 올라온 지
채 두 시간이 지났을 뿐인데 무섭게 올라간 조회수를 보면서
강수빈은 홀린 듯이 영상을 클릭했다. 그리고 몇 번이나 숨을
들이켰다.

　다른 영상들과 다르게 '이슈 톡톡'이 만든 이 영상은 이미아
선생이 극단적인 선택을 하게 된 주요 원인으로 S 학생과 P 학
생의 학교폭력을 원인으로 꼽았다. 그리고 S 학생의 학교폭력
전적을 집요하게 취재하는 내용이었다. S 학생은 월령 중학교
로 전학 오기 전에도 이미 가혹한 폭력행위로 동급생들에게
심각한 신체적, 정신적 상해를 입히고도 법조인 아버지의 '빽'
덕분에 아무런 처벌도 받지 않고 전학을 갔다는 사실이 상세
하게 언급되었다. 강수빈은 S 학생이 누군지 너무나도 잘 알았
다. 모자이크 처리된 한 여학생이 인터뷰를 하면서 자신이 스

스로 만든 손목의 흉터를 내보이며 울먹일 때 강수빈은 영상
을 끌 수밖에 없었다.

강수빈은 아이스 아메리카노를 단숨에 들이켰다. 영상에 등
장한 S 학생은 괴물이라고밖에 표현할 수 없는 아이였다. 영상
이 자극적으로 연출된 면도 없지 않았지만, 아이들의 인터뷰
는 진실했다. 강수빈은 이미아 선생의 죽음 이후 다시 한 번 자
신의 세계가 깨어지는 것을 느꼈다. 그녀 자신을 포함해서 아
무도 진실을 듣지 않고 있었던 것이다. 아이들과 이미아 선생
은 그 비밀을 모두에게 소리치고 있었다.

강수빈이 다시 마음을 다잡고 영상을 재생했다. 월령 중학교
의 학생인 듯한 여학생의 인터뷰도 있었다. 아이들 역시 이미
아 선생이 겪은 괴로움과 고통의 무게를 짐작하고 있었다. 영
상 말미에는 제작자의 멘트가 삽입되었다.

'사실 저희 이슈 톡톡에도 이 가해자 학생의 부모 중 한 명으
로 추정되는 인물이 개인적으로 영상 제작을 의뢰한 바 있습
니다. 거액의 돈을 제시하면서 말이죠. 하지만, 저희 이슈 톡
톡은 돈보다는 진실이 중요하다고 판단했습니다. 여기 이 어

린 학생들이 억울하게 돌아가신 선생님을 위해 용기를 냈습니다. 저희 어른들이 부끄럽게 돈에 굴복해서는 안 되지 않겠습니까? 저희 이슈 톡톡에서는 여러분의 제보를 기다립니다… issuetoktalk@gmail 강범준 앞으로 이 사건에 대해 깊이 아시는 분들의 제보를 부탁드립니다!'

손수지가 아마 이 제작자들에게도 연락을 했던 모양이다. 그녀의 성격상 꽤 많은 돈을 제시했을 텐데 그에 넘어가지 않고 이런 영상을 제작한 이 유튜버들에 대해 강수빈은 내심 감탄했다. 영상을 다시 재생하려고 했을 때 카페 입구에 우물쭈물하며 들어오는 한 남학생이 눈에 띄었다. 강수빈은 이학준을 알아보고 자리에서 일어나 손짓했다.

자리에 앉은 이학준은 잠시 머뭇대다 결심한 듯 말을 꺼냈다.

"아줌마는 아마 모르실 거예요. 학폭위가 끝나고도 박은비네 엄마아빠가 이미아 선생님을 엄청 괴롭혔어요. 송아름네 엄마도 계속 이미아 선생님 고소한다고 그러고."

"그랬구나……."

"친구들이 그러는데 교무실에서 꼰대 교장이 이미아 선생님

한테 엄청 뭐라 그랬대요. 조용하게 넘어가지 못했다고. 지가
학폭위 열어놓고……."

말을 이어가는 이학준에게 강수빈이 핸드폰을 내밀며 물
었다.

"혹시 이 영상 봤니?"

"네. 반 단톡방에 올라왔어요."

"그래?"

"여기 이 유튜버한테 전화했다는 사람, 아마 송아름 엄마일
거예요. 저한테도 계속 전화 와서 이런 말 해라, 저런 말 해라.
어휴……."

"너한테? 송아름 엄마가?"

"네. 그 학폭위 전에도, 그 이후에도 계속 전화가 와서 전화
번호 바꿨잖아요. 모르셨어요?"

"……전혀 몰랐어."

"사실 그 학폭위 때도 저한테 박은비가 먼저 발로 찼다고 얘
기하라고 그랬는데, 제가 쫄려서 그렇게 진술한 거거든요. 아
줌마가 엄청 째려보니까 무섭긴 했는데 그래도 그 아줌마가
시키는 대로 했다간 박은비가 진짜로 저 죽일지도 모른단 말

이에요."

이학준은 망고주스를 쪽 빨면서 계속 이야기했다. 강수빈은 그가 그동안 나름대로 마음고생을 많이 했다는 걸 알 수 있었다. 이 아이도 누군가와 터놓고 이야기를 하고 싶었던 것이다. 강수빈은 한참이나 그의 말을 들어주다가 자신의 용건을 꺼냈다.

"학준아, 그 이미아 선생님 유서 말이야……. 네가 가지고 있는 거 맞지? 그 글 올린 거 진짜지?"

"……."

"아줌마가 생각해봤는데, 그 유서가 있으면 선생님을 그렇게 몰아간 사람들에 대해서 법적인 처벌을 할 수 있을 거야. 지금도 경찰 조사가 진행되고 있지만, 명확한 증거가 있는 게 좋으니까. 그거, 아줌마한테 줄 수 있을까?"

그 말을 들은 이학준이 머뭇거리다 조심스레 입을 뗐다.

"그거…… 버렸어요."

"뭐?"

"찝찝하기도 하고, 불안해서 어제 학교 폐휴지장에 버렸어요."

"아아……."

강수빈은 탄식했다.

"어제 버렸다면 아직 찾을 수 있지 않을까……?"

아무 말도 하지 않고 고개만 숙이고 있는 이학준에게 강수빈
은 재차 물었다.

"폐휴지장 어디에 버렸는지, 기억나니? 어딘지만 가서 알려
주면 내가 찾아볼게."

"아줌마, 아니 변호사님. 전 이제 이 일에 그만 시달리고 싶
어요. 그래서 버린 거예요. 어차피 작은 종잇조각이라서 찾을
수도 없을 거고요. 전 이만 가볼게요. 음료수 잘 마셨습니다."

이학준은 꾸벅 인사를 하고는 카페에서 나가버렸다. 강수빈
은 두 손으로 머리를 감싸 쥐었다. 그 유서라면 이미아 선생의
억울함을 어느 정도 해소해줄 수 있을 거라 생각했는데……
인터넷 게시글은 증거가 되지 못한다. 하지만 유서가 실재하
고 이미아 선생을 압박한 이들에 대한 작은 단서라도 있다면
수사의 방향이 잡힐 것이다. 여기까지 생각이 정리되자 강수
빈은 결심했다. 그리고 옆에 있는 월령 중학교에 들어갔다. 학
교 교문은 잠그지 않은 상태였다.

"외부인은 출입 금지예요! 나가세요!"

경비원이 강수빈을 보고 손을 휘저었다.

"저는 이런 사람입니다. 경찰 수사 관련해서 찾을 게 있어서 왔어요."

강수빈은 두근대는 마음을 숨기며 자신의 변호사 등록증과 명함을 내밀었다. 경비원은 미심쩍게 그녀를 바라보았지만, 최근에 하도 유튜버니 탐정이니 하는 사람들이 들락날락거리는 것을 막는 데 지쳐 있었는데 강수빈이 변호사라고 하자 경계심을 내려놓았다.

"주말인데 학교에 무슨 일입니까? 뭘 찾는다고요?"

"아니 그게, 이미아 선생님 책이랑 노트가 폐휴지장에 잘못 버려졌다고 해서…… 그게 유품이기도 하고 가족들에게 어쨌든 전달은 되어야 할 테니까요."

"에휴…… 쯧쯧. 그 참, 젊은 선생이 어쩌다가…… 저쪽으로 가보세요. 너무 헤집지는 말고, 찾을 수 있을지 모르겠는데 폐휴지가 많이 쌓여 있어서."

경비원은 한숨을 쉬었다. 강수빈이 횡설수설했지만 그는 이미아 선생의 유품을 찾는다는 말에 마음이 약해져 강수빈의 말에 이상한 점을 포착하지 못했다. 그는 강수빈과 함께 학교 뒤편 폐휴지장으로 가서 문을 열어주었다. 과연 각종 폐휴지들이 어른 키 높이만큼 잔뜩 쌓여 있었다.

"찾을 수 있겠어요? 점점 어두워지는데."

"찾아봐야죠."

강수빈은 핸드폰 라이트를 켜고 가장 가까운 더미부터 뒤지기 시작했다. 각종 노트와 버려진 교과서들, 선생님들의 편철용 파일, 각종 메모지와 폐휴지…… 얼마 지나지 않아 강수빈의 온몸은 땀범벅이 되었다. 폐휴지의 산은 파도 파도 끝이 없었다. 강수빈은 그럼에도 포기하지 않았다.

복수를 꿈꾸던 열다섯 살의 강수빈은 결국 괴물을 변호하는 인간으로 커버렸다. 자신이 가해자와 다를 것이 있나? 강수빈은 그 사실이 죄스럽고 수치스러웠다. 이미아 선생을 그 학폭 위에서 궁지로 몰아간 자신과 열다섯 살 자신을 몰아가던 가해자들은 다르지 않았다. 고작 이런 어른이 되려고 그렇게 그들을 미워했었나? 땀인지 눈물인지 모를 액체가 폐휴지들 사이로 뚝뚝 떨어졌다. 이런 짓도 결국 위선에 불과해, 그녀는 스스로 되뇌었다. 자신이 폐휴지의 산을 뒤진다고 해도 이미아 선생은 돌아오지 않는다. 하지만 그럼에도 강수빈은 멈출 수가 없었다. 지금 자신이 할 수 있는 것은 이것뿐이었다.

"거 밤 샐 거요?"

"여기…… 폐휴지 언제 수거되나요?"

"내일 아침에 수거차량이 오긴 하는데……."

"그럼 조금만 더 찾아볼게요."

경비원은 안타까운 눈빛으로 뭔가를 중얼거리다가 또 순찰을 나가고 한 시간에 한 번씩 체크를 하러 왔다. 경비원이 네 번 정도 찾아온 후였다.

"아줌마……?"

이학준이었다.

"너 왜 여기 있니?"

강수빈의 말에 이학준은 땀과 눈물로 범벅이 된 얼굴과 검댕으로 가득한 그녀의 손을 번갈아 바라보았다.

"지금까지 여기 뒤지신 거예요……?"

"응…… 근데 잘 안 나오네. 혹시 도와주려고 왔니?"

이학준은 울고 싶었다. 혹시나 해서 학원이 끝나고 와본 것이다. 강수빈의 눈빛이 너무 간절해서 저러다가 정말 폐휴지

장을 뒤지는 것이 아닌가 해서 몰래 담을 넘어 학교에 들어왔
는데 진짜 그녀가 폐휴지장을 뒤지고 있었다. 뭔지 모를 답답
함이 가슴속에서 터져 넘칠 것 같았다. 이학준은 떨리는 손으
로 책가방을 열었다. 그의 손에 이제는 표지가 너덜너덜해진
책 한 권이 들려 있었다.

"죄송해요 아줌마, 선생님 유서…… 이 책 안에 있어요."

그 말을 들은 강수빈은 무릎에 힘이 풀려 바닥에 풀썩 주저
앉으며 말했다.

"버린 게 아니었구나?"

"어제 여기에 버렸다가…… 찜찜해서 다시 가지고 왔었어
요. 거짓말해서 정말 죄송해요. 아줌마가 진짜 찾고 계실 줄은
몰랐어요……!"

이학준이 금방이라도 울음을 터뜨릴 것 같아 강수빈은 학준
의 머리를 살짝 쓰다듬었다. 이준과는 약간 다른 둥글함이 느
껴졌다. 누군가는 평생 이 머리를 쓰다듬으면서 행복을 느꼈
겠지, 그녀는 콧날이 시큰해졌다.

"괜찮아. 사라진 게 아니라 다행이다, 정말……."

"죄송해요."

"이거 그럼 아줌마가 이제 사용해도 될까?"

"네…… 제가 못해서 죄송해요. 전…….'

강수빈은 이학준의 손을 꼭 잡았다.

"이건 애초에 어른들이 해결해야 할 문제였어."

이학준과 헤어지고 난 후, 강수빈은 자신의 차 안에서 책을 열어 메모지를 찾았다. 머리카락과 옷에서 썩은 종이 냄새가 풍겼지만 그녀는 아랑곳하지 않았다.

메모지의 앞뒷면을 다 살핀 강수빈은 한동안 생각에 잠겼다.

그러곤 이내 결심한 듯 핸드폰을 열어 이미 작성해둔 퇴사 통보 메일에 전송을 눌렀다. 그리고 유튜브 앱을 실행해 '이슈 톡톡' 채널을 검색했다. 맨 처음 그녀의 계획은 수사기관에 이 증거를 넘기는 것이었다. 하지만 이제 유서를 본 그녀는 생각이 바뀌었다. 수사기관보다 더 일을 키워줄 사람이 필요했다.

그녀는 오늘 올라온 영상 마지막 화면을 캡처했다.

'issuetoktalk@gmail 강범준'이라는 내용을 정확히 외운 그녀는 새 메일을 열어 주소를 입력했다. 그리고 자신의 핸드 폰에 이제까지 손수지와 통화한 녹음이 파일로 저장되어 있음을 확인한 후 들고 있던 쪽지의 앞뒷면을 신중하게 사진으로 찍었다.

이미아 선생님 사건 관련하여 제보를 드립니다.

그녀는 메일 제목을 타이핑했다.

이제 아무도 듣지 않는 비밀을 마주할 시간이다.

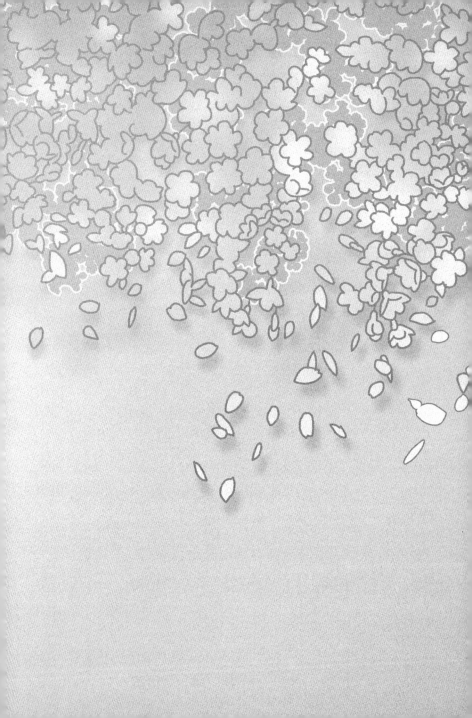

교문의 근조 화환

윤자영

띠디디딩

문자메시지 소리에 눈이 번쩍 뜨였다. 시계를 보니 아침 여섯 시가 조금 넘었다. 왜 그럴 때가 있지 않나? 메시지가 오는 소리만 들어도 불행한 소식이라는 것을 심장이 먼저 느낀다.

불안한 마음을 뒤로하고 노수미는 문자메시지를 열었다. 학교 번호였다.

〔긴급〕전 교사는 급히 출근하시기 바랍니다.
08:00 회의실에서 긴급회의를 실시합니다.

교직 경력 오 년 만에 처음 받아보는 메시지이자 긴급회의였다. 학교에서 무언가 터진 것이 분명했다. 경력 오 년 이하의 젊은 선생님들 카톡 모임에 메시지가 뜨기 시작했다. 노수미도 궁금해서 이것저것 물었지만, 모두 무슨 상황인지 모르는 눈치다. 결국 학교에 가봐야 무슨 영문인지 알 수 있는 것이다.

서둘러 출근 준비를 하고 운전대를 잡았다. 십오 분 거리가 한 시간 넘게 느껴졌다. 운전은 몸에 밴 습관으로 할 뿐 머릿속은 불안한 생각들로 가득했다. 학교 교문 앞에 학생부장 선생님이 서 있는 것이 보였다. 경광봉을 들고 차량을 통제하고 있었다.

"부장님 무슨 일이에요?"

노수미가 물었지만 학생부장은 길게 말하고 싶지 않은 듯 잘라 말했다.

"조용히 들어가세요."

학생부장은 등교하는 남학생에게 말했다.

"너 비상연락망 못 받았어? 오늘 휴교잖아."

'휴교?'

노수미는 불길한 예감에 사로잡힌 채 교내로 들어갔다. 학교 건물 뒤쪽으로 들어가자 붉은색과 푸른색 경광등이 눈에 들어왔다. 노수미의 불안함은 적중했다. 경찰차였다.

현관에 교감 전용대가 나와 있었다.

"노수미 선생, 교무실 가지 말고 바로 회의실로 가세요."

"교감 선생님, 도대체 무슨 일이에요?"

"곧 알게 됩니다."

"학교에 왜 경찰차가 있는 거예요?"

교감은 두꺼운 입술을 다문 채 꼼짝도 하지 않았다. 노수미는 할 수 없이 회의실로 들어갔다. 회의실의 공기는 무거웠다. 교사들은 서로 눈치만 볼 뿐 말 한마디 못 하고 있었다. 노수미는 평소 친하게 지내는 김현아 선생의 옆에 앉았다. 김현아는 오 년 전 월령 중학교에 같이 발령받은 동기였다.

"무슨 일이야?"

김현아는 어깨를 으쓱 올리고는 턱으로 회의실 앞쪽을 가리켰다. 맨 앞 상석에 교장 민철기가 눈을 감고 앉아 있었다. 그리고 앞쪽에 앉은 부장 교사들 표정이 좋지 않았다. 교무부장은 고개를 숙인 채 계속 가로저었고, 이 학년 부장은 머리를 쥐어뜯고 있었다. 노수미는 김현아에게 작게 속삭였다.

"밖에 경찰차도 있고, 학생부장은 교문에서 등교하는 학생에게 휴교라며 돌려보냈어. 분명 무슨 일이 터졌나봐."

김현아는 불안한 얼굴로 고개만 끄덕였다. 그렇게 침묵의 시간이 흐르고 모든 교사가 회의실에 들어왔다. 교감이 앞으로 나가서는 교장과 귓속말을 한참이나 하더니 마이크를 들었다.

"어젯밤 학교에 충격적인 사건이 있었습니다."

모두 긴장한 탓인지 주변에서 침 넘기는 소리가 들렸다. 여자 부장들은 무언가 아는지 고개를 푹 숙였다. 어깨가 들썩였나. 설마 우는 것일까?

"어젯밤 이 학년 이 반 담임 이미아 선생님이 스스로 목숨을 끊었습니다."

분명 한국말을 들었지만, 아랍어라도 들은 듯 뇌에서 전혀 해석되지 않았다. 순간 옆에 있던 김현아와 눈이 마주쳤다. 강당은 웅성거리는 소리가 점차 커졌다. 울음소리도 들렸다. 한 남교사가 크게 소리쳤다.

"교감 선생님, 도대체 무슨 소리예요? 알아듣게 설명해보세요."

교감은 마이크를 다시 올렸다.

"모두 조용해주세요. 말 그대로 이미아 선생이 스스로 목숨을 끊었어요."

이내 여기저기서 우는 소리가 들렸다. 일이 년 차 여교사들이었다.

교감은 울고 있는 교사들은 보며 얼굴을 찡그렸다.

"자자, 선생님들 지금부터 제 말 잘 들으세요. 교장 선생님께서 오늘은 임시 휴교를 결정하셨어요. 조금 전 새벽에 학부모와 학생들에게 비상연락망으로 연락을 했습니다. 지금부터 담임 선생님들은 학급 단톡에 다시 한번 오늘 임시 휴교 공지를 올려주세요. 지금도 학교로 오는 학생들이 있답니다."

한 교사가 손을 들었다. 일 학년 담임이었다.

"이유를 뭐라고 해서 보내죠? 사실을 말해야 하나요?"

교감이 잠시 생각하다가 마땅한 답이 없는지 인상을 찌푸렸다.

"뭐 좋은 일이라고 학생들한테까지 일일이 말해줍니까? 그냥 특별한 사정으로 임시 휴교라고 하세요!"

짜증 섞인 목소리였다. 노수미의 머리에서 '웅-' 하는 소리가 들렸다. 충격적인 소식에 머릿속이 뒤엉킨 듯했다. 그래도 일단 교감의 말을 따라야 했다. 담임을 맡고 있는 이 학년 팔 반 학급 단톡에 메시지를 올렸다.

아침에 학교에서 메시지를 받은 대로 오늘은 휴교입니다.

노수미의 메시지 밑으로 아이들의 메시지가 달렸다.

- 오, 개꿀
- 매일 휴교였으면 좋겠다.
- 학교에 불났냐? 민우 네가 불 지른다고 했잖아.
- 나 아니야. 미친놈아.
- 누구 죽었다는데?

노수미는 학생들의 메시지를 읽는 순간 가슴이 답답해졌다. 이 아이들은 자세한 사정을 몰라서 오직 학교에 안 간다는 것을 기뻐한 것이겠지만 이런 상황이 견딜 수가 없었다. 노수미는 아이들의 메시지를 더 볼 자신이 없었다. 젊은 여교사가 다른 곳도 아닌 교실에서 스스로 목숨을 끊었다. 그 충격과 슬픔을 이렇게 소비해서는 안 되잖은가. 노수미는 단톡에서 나가기 버튼을 눌렀다. 그때 교감의 목소리가 들렸다.

"자, 교사 여러분은 동요할 필요가 없습니다. 교장 선생님께서는 다른 학생들이 피해보지 않도록 학교를 빨리 정상화하기를 바라십니다. 그러니 선생님들은 학생들이 놀라지 않도록……."

"교감 선생님! 학생들도 중요하다는 것 압니다. 저희도 교사인걸요. 하지만, 그 전에 사실을 정확히 알아야 할 것 아닙니까!"

오십 대의 남교사가 말했다. 교감은 교장을 한번 돌아보고는 말했다.

"경찰에서는 타살의 흔적이 없다고 하고, 이미아 선생님 부모님께 마지막 인사 같은 메시지가 왔다고 합니다. 자살이 확실하다고 합니다."

"그걸 묻는 게 아니잖아요. 선생님이 다른 곳도 아니고 학교에서 돌아가셨어요. 분명 무언가 이유가 있었을 거라고요. 동료 교사로서 우리가 그 이유를 같이 생각해봐야 하는 거 아닙니까?"

"그런 건 아직 모릅니다. 하지만 여긴 신성한 학교입니다. 어서 학교를 정상화하는 것이 더 중요해요. 죽음을 숨길 수는 없지만, 굳이 드러낼 필요도 없습니다. 반 아이들도 놀랄 것이고……."

그때 쾅 하고 책상을 치며 이 학년 부장교사가 일어섰다.

"거, 너무하는 거 아닙니까?"

그의 목소리에 분노가 묻어났다.

"기르던 개가 죽어도 슬퍼할 겁니다. 그런데 학교 정상화를 위해 노력하라니요. 우리 교사들도 슬퍼할 시간을 주세요. 그리고 아이들도 사실을 알아야 해요. 아이들도 사실을 알고 슬퍼해야 할 것 아니에요?"

이 학년 부장의 격한 행동에 교감이 주춤했다. 안 되겠는지 교장이 일어서 교감이 잡고 있던 마이크를 받았다.

"자자, 모두 진정하세요. 이 학년 부장님도 진정하고 앉으세요. 우리도 이렇게 놀랐는데, 미성년자인 아이들은 우리보다 더 놀랄 것 아닙니까? 그러니 조심하자는 겁니다. 조심이요. 그리고 이 사실이 학교 밖으로 알려지면 학교 이미지가 무너지는 것은……."

"꺅!"

중간쯤 앉은 여교사가 귀를 막고 소리쳤다. 이미아의 옆 반인 이 학년 삼 반 담임 김수현 선생이었다.

"아니에요! 자살이 아니라고요!!"

회의실에서의 시간이 어떻게 지났는지 모르겠다. 노수미는 머릿속에 울리는 고주파의 소리 때문에 머리를 의자에 기대고 있었던 것 같다. 고성이 이곳저곳에서 터져 나왔다. 교장과 교감을 필두로 한 일부 부장들은 학교 안정이 최선이라며 이 사실을 절대 밖으로 알려서는 안 된다고 말했다.

"학교 안정이 최선이에요. 우리 학교에 칠백 명의 학생이 있다는 것을 잊으시면 안 됩니다. 학교장으로 학교 정상화의 임무가 있어요. 그리고 여러분은 교사이기 이전에 공무원입니다. 공무원의 의무를 잘 생각해보시기 바랍니다."

젊은 교사들은 반발했다. 특히 이미아와 친하게 지낸 동료들의 증언이 있었다. 아이들의 괴롭힘과 학부모의 지속적인 민원이 있어왔다는 것이다. 그 이야기를 듣자 노수미는 자신의 지난 기억이 떠올라 더 괴롭고 가슴이 저며왔다. 노수미도 학생들을 더는 보호받아야 하는 미성년자로만 볼 수 없었다. 일이 년 차 시절에 호되게 당한 적이 있었기 때문이다.

그러나 모두 열띠게 이야기한 것은 아니었다. 대부분의 선생님들은 방관자처럼 핸드폰을 들여다봤다.

오전 내내 이어졌던 회의가 끝났다.

"일단 시간이 됐으니 점심 식사하시고 선생님들은 비상대기하시기 바랍니다."

갑작스러운 휴교로 급식이 없어 노수미는 김현아와 학교 근처 음식점에 갔다. 음식이 나왔지만 넘어가지 않았다. 노수미는 스파게티 면을 포크로 무한정 돌렸다. 서로 대화도 없었다. 머릿속에서 빠르게 생각들이 지나갈 뿐 입을 통해 나오지 않았다. 김현아가 젓가락을 테이블에 내려놨다.

"장례식장…… 가볼까?"

"비상대기 하라잖아."

"대기하면 뭐 뾰족한 수가 있어?"

아직 장례식장이 준비가 되지 않았을 것이다. 장례식장은 잡혔지만, 저녁에나 조문이 가능하다고 했다. 하지만 목에 뭔가 꽉 막힌 기분이어서 학교에 있으면 더 답답할 것 같았다.

"가보자."

안내가 있었던 장례식장에 갔다. 학교에서 차로 이십 분 거리였다.

"몇 호지?"

"저기 안내판 있네."

안내판에 고인이 된 이미아의 이름을 보니 가슴이 울컥했다. 믿기지 않았던 것이 현실로 확인된 듯했다. 아직 영정사진도 없는 장례식장은 이미 교사들로 가득 차 있었다. 모두 같은 마음이었던 거다. 학교에서 기다리고만 있기 힘들어 장례식장에 모인 교사들은 모두 말을 잃은 채 훌쩍이거나 허공을 보고 있었다.

"저리로 가자."

김현아가 한 테이블을 가리켰다. 일 학년 담임 김희준이 혼자 고개를 푹 숙이고 앉아 있었다. 이미아와 올해 같이 첫 발령을 받은 동기다.

그의 맞은편 의자를 빼고 앉자 김희준이 고개를 들어보였다. 울었는지 눈이 빨갛게 부어 있었다. 김희준은 다시 고개를 숙였다. 그러고는 작게 중얼거렸다.

"살릴 수 있었는데……."

"네? 김희준 선생님, 뭐라고 했어요?"

김현아의 물음에 그가 고개를 들었다.

"미아 쌤이요. 저랑 동기잖아요. 그래서 학교에서 겪는 고충들, 제게 종종 말했었거든요. 이 학년 이 반 학생들의 분쟁 때문에 힘들다고 했어요. 학부모 때문에도 많이 괴로워했고 요……."

그는 다시 고개를 숙였다. 어깨가 흔들렸다. 자책감이 큰 듯했다.

"김희준 선생님의 잘못이 아니에요."

노수미의 말에 그 어깨의 파동이 더욱 커졌다. 노수미는 김희준의 옆에 말없이 그저 앉아 있었다. 무슨 말을 하고 싶지도 할 수도 없었다. 모든 힘이 빠져나간 것처럼 몸이 축 늘어지고 목은 솜으로 막아놓은 듯 답답했다.

노수미는 멍하니 앉아 있다 이미아를 만났던 젊은 교사들 모임을 떠올렸다.

* * *

젊은 교사들 모임에서 교사들은 학교에서 받은 스트레스를 토로했다. 관리자의 무사안일주의 욕하기, 싫은 선생님 홍보기, 학생들의 만행을 공유하다보면 스트레스가 조금이나마 줄었다. 이미아도 처음에는 모임에 자주 나오는 고정 멤버였다. 원체 밝은 성격인 데다 사교성도 좋아 모임 분위기를 밝게 만드는 사람이었다. 하지만 시간이 지날수록 정기 모임에 잘 나오지 않았다. 어쩌다 한 번 나오면 해쓱한 얼굴로 말없이 앉아 있기만 했다.

노수미는 홀로 앉아 있던 이미아의 옆자리에 가서 앉은 적이 있었다.

"어때? 학교에 발령받은 지 팔 개월 정도 됐는데 적응되었어?"

이미아는 씁쓸한 미소를 지었다.

"교사만 되면 어떤 일이든지 할 수 있을 것 같았어요. 제가 임용고시 재수를 했거든요."

"흐, 난 삼수야. 그래서 격하게 동의해."

노수미도 수험생 시절 임용시험만 합격시켜 주면 학교의 잡초 뽑기까지도 할 수 있다고 마음먹었다. 누구나 그만큼 간절하게 합격을 바란다. 그런데 이미아가 이런 대답을 했다는 것은 지금 힘들다는 뜻이다. 노수미도 모든 게 낯설고 힘들었던 신규교사 시절이 떠올랐다. 처음에 긴장을 많이 한 탓에 실수도 많이 했다. 수업 준비도 챙겨야 할 것이 정말 많았다. 교육과정 분석에 성취기준을 재구성하고 수업을 위한 학습지와 파워포인트 자료를 만들어야 했다. 방과 후에야 잡무를 처리하고 수업 자료를 만들다 보니 항상 늦은 밤에 퇴근했다.

학교와 교육청의 시스템을 모르기 때문에 하나하나 매뉴얼을 봐야 하는 것도 보통 일이 아니었다. 배우고 익혀야 할 것도 한두 가지가 아니었다. 회사는 사수가 있어 하나하나 가르쳐주지만 교사는 하나부터 열까지 스스로 익혀야 한다. 교무실의 선배 교사들은 일을 알려주려고 하지 않는다. 본인도 배우지 않았기 때문이다. 출석 체크하는 법, 창체 입력하는 법 등 NEIS 프로그램 이용법을 익혔다. 소모품을 사기 위해 업무관리 시스템으로 결제하는 법도 배웠다. 담임 업무뿐만 아니라 학생자치 업무가 있어서 학생회를 운영해야 하고 그럴 때마다 공문을 작성해야 했다.

"미아 쌤 힘들지? 교사가 수업만 하면 좋겠는데 왜 이렇게 잡무가 많은지 모르겠어."

"……전 잡무까지만 있었으면 좋겠네요."

"왜? 또 무슨 힘든 일 있어?"

"아이들이요. 물론 착한 아이들이 대부분인데……"

"으…… 맞아, 맞아. 중학생들은 그냥 학생들이 아니지. 일반인들은 중학생들이 뭐가 힘드냐고 하는데 최악이야, 최악. 나이 년 전에 어떤 꼴 당한 줄 알아?"

이미아는 눈을 빛내며 궁금해했다.

"수업 중에 담배 냄새가 나는 거야. 그래서 보니 교실 맨 뒤에서 담배를 피우고 있었다니까?"

"헉! 정말이에요?"

"나도 믿겨지지가 않았지. 하지만 진짜야. 나도 처음 겪는 일이라 놀랐지만, 침착하게 담배 끄라고 했어. 그 학생이 '왜 담배를 피우면 안 되는데요?' 하는 거야. '그래서 학교 교칙이다' 이랬더니 '그럼 징계받으면 되겠네' 하면서 계속 피우는 거야. 다른 아이들도 그 학생을 싫어했지만 막가파를 누가 말리겠어."

"으아! 생각만 해도 소름이 돋네요. 그래서 어떻게 됐어요?"

"내가 학생부 선생님 불러왔지. 그 남학생 덩치가 엄청 커서 아무도 제지 못 했어. 학생부실 가서 한 대 더 폈대. 중학생은 퇴학이 없으니 너무 막 나가."

노수미는 흥분해서 목소리를 높였다.

"그 학생은 어떻게 됐어요?"

"출석정지지. 그러고도 사고를 계속 쳐서 옆 학교로 강제 전학 갔고. 이건 폭탄 돌리기도 아니고 서로 강전을 보낸다니까."

이런 일들이 있다보니 선생님들은 전학생을 받기 싫어했다. 그래서 가장 인원이 적은 반, 같으면 앞 반부터 채워진다.

"자기네 반에 전학 한 명 왔잖아. 이름이 송아름이었나? 그 학생은 괜찮아?"

이미아는 대답 없이 김이 다 빠져버린 사이다를 마셨다. 그리고는 입을 열었다.

"학부모들 민원은 어떻게 대응해야 해요?"

"그냥 무시해야지. 누가 뭐래?"

"억지를 부려서요."

"그래서 교사는 법과 교칙을 잘 알아야 해. 억지를 부릴 때는 '교칙을 어겼다'라고 앵무새처럼 반복하는 거야."

"교사가 잘못했다면요?"

"자기 뭐 잘못했어?"

"아, 아니요."

"그렇지. 우리 교사가 잘못하는 경우는 범죄를 빼고 없지. 그럴 때는 그저 무시하면 돼. 일일이 신경 쓰고 대꾸해봤자 결국 상처받고 피곤해지는 건 우리더라고."

노수미는 그날 봤던 이미아의 표정이 떠올라 한숨을 쉬었다. 지금 생각해보니 그 무렵 전학생 송아름과 박은비의 학교폭력 사건이 있었다. 그 문제로 양쪽 부모가 교무실에 많이 왔고, 이미아가 상담하는 모습을 보기도 했다.

창밖이 어두워졌다. 갑자기 장례식장이 소란스러워졌다. 처절한 절망으로 울부짖는 소리가 들렸다. 이미아의 부모님이 도착한 것이다. 자식의 시신을 경찰서에서 인계받아 오는 부모님의 심정은 어떨 것인가. 그 울음을 보니 다리에 힘이 풀렸다. 잠시 후 올라온 영정 사진 속 이미아 선생은 미소 짓고 있었다. 교사의 꿈을 이루어 희망에 부푼 모습 같았다.

그 환한 얼굴을 다시 볼 수 없다는 생각에 가슴이 울렁거렸다. 이미아가 힘들어할 때 돕지 못했다는 죄책감이 가슴을 치며 울음이 터져 나왔다. 노수미는 많은 교사들이 바라보며 통곡하는 영정 사진 앞으로 달려 나가 함께 목 놓아 울었다.

얼마나 울었을까? 김현아가 노수미를 부축하여 원래 앉았던 테이블로 돌아왔다. 노수미는 울다 지쳐 멍하니 창밖의 어두운 하늘을 바라봤다. 어디에 갔었는지 보이지 않던 김희준이 돌아왔다.

"미아 쌤 아버님이랑 얘기하고 왔어요. 죽음의 이유를 알 수 있을 것 같아요."

죽음의 이유를 알았다는 말에 노수미의 정신이 돌아왔다. 분명 이미아는 부모님에게 사연을 말했을 것이다. 노수미는 허리를 세워 테이블에 몸을 가까이했다.

"어서 말해보세요."

"집에서도 힘들어했답니다. 이 학년 이 반 학생들이 무섭다고도 했고요. 특히, 학폭 때문에 괴로워했다고 했어요. 주말이나 밤에도 전화를 받았는데 학부모라고 했대요."

"송아름과 박은비 학부모일까요?"

"아마 그럴 겁니다. 며칠 전 제게도 고민을 털어놨었거든요. 둘의 학폭 사건이 일어났을 때, 부모들이 너무 자기주장만 해서 힘들다고 했어요."

노수미는 이미아가 모임에서 학부모 민원에 대해 말했을 때 적극적으로 관심 갖고 들어주지 못한 것이 미안했다. 노수미는 한숨처럼 혼잣말을 했다.

　"그냥 무시하라니까……."

　"송아름 아빠가 무슨 큰 로펌에 다닌다네요. 법으로 이미아 선생을 협박했나봐요. 물론 박은비 엄마도 상대 아빠가 법조인인 걸 알고는 약자를 괴롭힌다고 울며불며 미아 쌤에게 떼를 썼고요."

　"그걸 왜 미아 쌤에게 얘기해."

　"직접 하지 못하니 담임을 닦달한 거죠. 우린 그런 존재잖아요."

　노수미는 주먹을 꽉 쥐었다. 이미아는 혼자 얼마나 힘들었을까? 자신에게도 구조신호를 보냈었다는 것에 안타까움과 돕지 못한 마음에 분노가 일었다. 그러고 보니 김희준 선생 반에서도 일 학기에 학폭 사건이 있었다.

　"희준 쌤 반은 괜찮아? 학폭 있었잖아요."

　"왜 아니겠어요. 쌍방 폭행해놓고 서로 더 잘못했다고 진흙탕 싸움을 했어요. 결국 판결에서 진 학부모가 저를 물고 늘어지기 시작했어요. 제가 중간에서 중재를 못했기 때문에 그렇게 됐다고 정신적 치료비를 물어내래요."

"기가 막혀, 아니 그래서요?"

김희준은 허탈한 표정으로 어깨를 으쓱 올렸다. 그러고는 주머니에서 약봉지를 꺼내 테이블에 올렸다. 정신건강의학과라고 쓰여 있었다. 아직 해결되지 않은 것이다. 노수미도 자신을 막무가내로 괴롭혔던 부모들이 생각났다.

매일 지각하는 학생이 있었다. 어머니가 밤에 카페를 운영하느라 아이에게 신경 쓰지 못한다고 했다. 알고 보니 카페가 아니라 단란주점이었다. 그 학생이 학교에서 문제를 일으켜 선도위원회를 열어 어머니를 호출했다. 어머니는 주점에서 일하는 어깨들을 데리고 왔다. 은연중에 선도위원들을 협박해서 결국 가장 약한 벌이 내려졌다.

"저 인간들도 한몫했지."

날카로운 목소리에 노수미가 눈을 떠보니 김희준이 싸늘한 시선으로 누군가를 바라보고 있었다. 그 시선을 따라가니 교장과 교감 그리고 교무부장이 장례식장에 도착해 조문실로 들어가고 있었다.

"저래봤자 결국은 자기 안위만 챙기지."

김희준은 관리자에 대한 불신이 가득한 것 같았다.

"무슨 일 있는 거예요?"

"저들은 오직 자신의 승진만 걱정하는 사람이에요. 제 문제 때에도 그랬어요. 교사 편을 들지 않고 학부모 편을 드는 사람들이라고요."

세 사람은 나란히 서서 이미아 선생 영정 사진에 절을 했다.

김희준은 울고 있는 이미아의 부모님을 위로하는 세 사람을 바라보며 말했다.

"분명히 이미아 쌤도 교장에게 고충을 털어놨다고 했어요."

"교장이 이미아 선생에게 뭐라고 했을까요?"

"그 로펌 아빠지 뭔지 사건 이후 학교에 몇 번 온 것을 봤어요. 교장실에서 나오는 것을 분명히 봤어요. 그냥 놀러 오진 않았을 겁니다."

"모종의 거래가 있었다는 말인가요?"

"죽은 사람은 말이 없어요. 그저 모든 것을 홀로 안고 가는 거죠."

노수미는 교장이 있는 테이블을 보았다. 교감이 목을 빼고 미어캣처럼 주위를 두리번거리다가 노수미와 눈이 마주쳤다. 교감은 교장에게 무슨 말을 하고는 일어나 이쪽 테이블로 왔다. 교감은 김희준의 옆자리 의자를 빼고 앉았다.

교감은 테이블에 있는 사이다를 하나 따서는 한 모금 마셨다. 김희준은 자신의 화를 표현하기 싫은지 창문으로 고개를 돌렸다. 교감은 덤덤하게 말했다.

"참 안타까운 일입니다."

아무도 대꾸하지 않았다. 김희준의 고개는 계속 창밖을 향하고 있었고, 노수미와 김현아는 고개를 숙이고 있었다.

"지금은 힘드시겠지만, 교장 선생님 말씀대로 우리 학생들을 생각합시다."

노수미는 고개를 들었다.

"무슨 말씀 하시려는 거예요?"

"특별한 의미 없습니다. 그냥 아무 일도 일어나지 않은 것처럼 가자는 거지요."

큰일이 일어났는데 아무 일도 일어나지 않았다고 하라니.

"교감 선생님, 이미아 선생님이 왜 죽음을 선택한 줄 아세요? 그것도 자신의 교실에서요."

교감은 민망한지 헛기침을 몇 번 했다. 그러고는 당부하듯 말했다.

"지금 학교가 난리예요. 벌써 소문이 새어 나갔는지 학부모들에게 전화 오고 난립니다. 학교관리자는 학교 정상화를 위해 노력해야 한다고요. 우리 마음도 이해 좀 해주세요."

그깟 학부모 민원 좀 받았다고 장례식장에서 이런 소리를 해야 할까? 노수미는 다시 서러움이 북받쳐 올랐다.

"그만 하세요! 더는 듣기 힘들어요. 이미아 선생님은 겨우 스물다섯이었다고요. 아직 어린 교사를 학부모들이 주말도 가리지 않고 괴롭혔어요. 그래서 죽은 거라고요. 교감 선생님께서 그 학부모들을 막아주셨어야 하고요!"

"어허, 노수미 선생 목소리 낮추세요. 여기 장례식장이야."

"누가 몰라요? 장례식장에서 쉬쉬하라는 교감 선생님은 정상이에요?"

노수미의 목소리가 커졌다. 조용했던 장례식장에 더욱 깊은 침묵이 생기며 시선이 일제히 모였다. 옆에서 김현아가 노수미의 팔을 잡고 말렸다.

"수미 쌤 왜 그래. 일단 진정해."

교감의 눈에서 화가 뿜어져 나왔다. 교감은 의자를 빼고 일어났다.

"노수미 선생, 공무원은 복종의 의무가 있다는 거 잊지 마세요. 소속 상관의 직무상 명령을 지켜야 한다고요."

노수미가 반발하려고 하자 현아가 입을 막았다. 교감은 아랫입술을 깨물며 자리로 돌아갔다.

"현아 쌤, 왜 말려?"

"자기 지금 흥분했어. 일단 진정해."

노수미는 속이 타서 앞에 있던 캔맥주를 따서 벌컥벌컥 마셔버렸다. 김희준이 노수미를 보고 말했다.

"고맙습니다. 저는 용기가 없어서 뒤에서만 욕했는데……."

알코올이 벌써 뇌까지 갔는지 용기가 솟아났다.

"그럼 갑시다. 교장에게 가서 무슨 일이 있었는지 확인해보자고요."

다음 날 학교는 수업을 정상화 하려고 노력했다. 학생들이 등교하고 어수선한 분위기 속에 수업이 이어졌다. 이 학년 이

반만이 원래의 교실에 들어가지 못하고, 과학실에서 수업을 해야 했다. 학생들이 동요하지 않게 조심하라고 했지만 어디 그게 막을 수나 있는 일인가?

노수미는 아침 조례를 위해 이 학년 팔 반 교실에 들어갔다. 뭔가 숙연한 분위기를 기대했지만 평소와 다를 바 없이 떠들썩했다. 이 반 교실과는 다른 복도를 사용하기에 거리가 멀다. 그래서 소식이 전해지지 않은 것일까? 노수미가 교탁 앞에서 멍하게 서 있으니 아이들이 눈치를 보며 침묵이 찾아왔다. 무슨 말을 해야 할지 몰라 교장을 핑계 삼았다.

"학교에서 일어난 일에 동요하지 말고 학습에 전념하라고 교장 선생님께서 말씀하셨다."

"선생님, 이 반 쌤 진짜 교실에서 자살하셨어요?"

민우였다. 여과 없이 궁금한 건 내뱉고 보는 아이다. 노수미는 아이의 그 솔직함이 불쾌했다.

"민우야, 그렇게 막말하면 안 돼!"

"뭐가 막말이에요? 그냥 사실이냐고 물어봤는데요?"

"모두 잘 들어. 평소 알고 지낸 선생님이 돌아가셨어. 그렇다면 그것을 슬퍼하고 애도할 줄 알아야 하는 거야. 사람이라면 말이야."

교실에 조금 숙연한 분위기가 생기는 것 같았다. 노수미는 교실을 나왔다. 교실을 나와 복도를 지나는데 교실에서 큰소리로 말하는 민우의 목소리가 들렸다.

"마지막 말 뭐냐? 내가 못할 말이라도 했냐?"

노수미는 더는 아이들과 얼굴을 마주하고 싶지 않아 교무실로 움직였다. 복도를 지나는데 아이들이 이 학년 이 반 교실 창가에 모여 안을 살피고 있었다. 웃으며 스마트폰으로 사진을 찍는 아이도 있었다. 그리고 자신의 SNS에 올리겠지.

웃는 아이의 송곳니가 솟아나 진짜 악마처럼 보였다. 노수미는 슬픔과 분노에 몸이 덜덜 떨려 교무실로 얼른 발걸음을 돌렸다. 교무실의 분위기는 무거웠다. 아무도 말이 없었다. 다른 반도 수미의 반과 다를 바가 없었을 것이다.

오 반 담임이 자리에서 벌떡 일어났다. 원로 남교사였다.

"부장님, 오늘 수업을 꼭 해야 하는 거야?"

"그럼 어떡합니까? 교장 선생님께서 학교 정상화를 저렇게 외치고 있는데."

"해도 해도 너무하네."

"그냥 교장 선생님 말씀대로 착한 애들만 보세요. 그래야 그나마 버틸 수 있어요."

도대체 무슨 말이 맞는지 모르겠다. 노수미는 두통이 오는 것 같았다. 수업 종은 울리고 선생님들은 도살장에 끌려가는 소처럼 어기적거리며 교실로 들어갔다.

첫 수업은 이 학년 삼 반이었다. 옆 교실이라 소문이 벌써 퍼졌을 것이다. 교실에 들어가니 삼십 명 아이들의 눈이 모두 노수미를 보고 있었다. 평소에는 있을 수 없는 일이지만, 선생님이 무언가를 말해달라는 듯한 눈빛으로 느껴졌다.

노수미는 도망쳐버리고 싶었다. 하지만 이를 악물고 수업을 시작했다. 라디오에서 일정한 톤으로 흘러나오는 소리처럼 교과서를 읽고 설명했다. 수업을 멈췄다가는 저 아이들의 입에서 무슨 질문이라도 나올 것 같아 마치는 종이 울릴 때까지 계속 떠들었다. 그렇게 오전 수업을 마쳤다.

점심시간 밥맛도 없어 교무실에 앉아 있는데 김희준 선생이 찾아왔다.

"노수미 쌤."

"희준 쌤 왔어요?"

"가시죠?"

김희준이 대뜸 말했다.

"네? 가다니 어디요?"

"교장실이요."

"거긴 왜요?"

"왜긴요? 선생님께서 어제 장례식장에서 교장 선생님께 따져 묻자고 했잖아요. 이미아 쌤에게 무슨 짓을 했는지 밝히자고 했잖아요."

그때는 화가 나서 한 말이었다. 하지만 김희준의 눈빛은 평소와 달리 살아 있었다. 항상 주눅 들어 어깨를 숙이고 복도를 걸어다녔는데 오늘은 어깨가 펴져 있었다. 죽기를 각오한 군인 같았다.

"그래 갑시다! 가서 이미아 선생의 억울함이 있다면 밝힙시다."

노수미는 벌떡 일어났다. 이대로 있을 수 없었다. 일부겠지만, 죽음을 아무렇지 않게 생각하는 아이들을 보며 수업을 할 수도 없었다.

교무실을 나가는데 복도에서 큰 목소리가 났다. 이 학년 이 반 교실 앞이었다.

"학생들, 여기서 장난치고 사진 찍고 그러면 안 돼!"

"왜 안 돼요?"

"아무튼 안 돼! 사진 올리거나 하지 마. 그러다 큰일 난다."

교감이었다. 손에 하얀 국화 다발이 들려 있었다. 교감은 격앙된 어조로 아이들에게 소리쳤다. 아이들이 하나둘 이 학년이 반 앞을 떠났다.

"칫! 교장이 지시했겠지요."

김희준이 말하고는 계단을 내려 걸어갔다. 노수미는 얼른 그의 뒤를 따랐다. 둘은 교장실 앞에 섰다. 주먹을 들어 올려 노크하려는 김희준의 팔을 노수미가 잡았다.

"희준 쌤, 안에서는 내가 이야기할게요."

"걱정 마십시오."

김희준은 거칠게 노크했다. 안에서 들어오라는 소리가 들려 둘은 안으로 들어갔다. 교장은 둘의 얼굴을 보고는 눈 주위를 살짝 찡그렸다.

"무슨…… 일이죠?"

노수미가 한 발 앞으로 나섰다.

"일단 앉아서 이야기하면 안 될까요?"

교장은 벽에 걸린 시계를 한번 힐끗 보고는 말했다.

"앉으세요."

교장은 가운데 소파에 앉고 노수미와 김희준이 차례대로 앉았다.

"그래, 무슨 할 말이……."

노수미는 침을 꼴깍 삼키고 말했다.

"일단 사실을 확인하고 싶어요."

"무슨?"

"이미아 선생님에게 도대체 무슨 일이 있었던 거예요?"

교장의 눈동자가 커졌다.

"그걸 왜 내게 물어요?"

"이미아 선생님은 이 반 학폭 사건 때문에 학부모에게 지속적으로 괴롭힘을 당하고 있었어요. 분명히 교장 선생님께도 말했을 거 아니에요."

교장은 한숨을 푹 내쉬고는 소파에 파묻혔다.

"말 그대로 왔어요. 교장실에 와서 학급 일이 힘들다고 말했어요."

"그래서 뭐라고 말씀하셨죠?"

"그저 힘내라고 말했어요. 지금은 힘들지만 분명 좋은 날이 올 것이다. 시간이 해결해줄 것이라고 말했어요."

"거짓말!"

김희준이 갑자기 폭발했다.

"교장 선생님은 이미 아 선생이 구조의 손을 내밀었을 때, 외면한 겁니다."

"김희준 선생, 그게 무슨 소립니까?"

"학교에 그 송아름 아버지가 왔었잖아요! 교장실에서 나오는 것을 제가 분명히 봤습니다."

"그, 그건……."

"빤하죠. 자기 자식을 잘 봐달라고 했겠죠."

교장의 얼굴이 붉게 물들었다. 화가 난 것 같았다.

"김희준 선생 불쾌합니다. 사실 확인도 하지 않고 그렇게 말하면 안 되지. 더구나 난 이 학교의 관리자야."

"그럼 말해보세요. 그날 송아름 아버지랑 무슨 대화를 한 거예요?"

"참나, 내가 왜 그런 것에 대답해야 하는지 모르겠네. 그리고 지금 김희준 선생은 대화를 하자는 태도가 아니잖아."

노수미는 흥분한 김희준의 팔을 잡았다. 힘이 잔뜩 들어가 떨고 있었다.

"김희준 선생님 진정하세요. 여기 싸우러 온 게 아니잖아요."

노수미의 말에 김희준이 격앙된 표정으로 교장을 바라보던 시선을 돌리자, 그제야 교장이 입을 열었다.

"내 불쾌하지만, 오해를 풀기 위해 말하죠. 송아름 아버지는 그저 자식의 억울한 상황을 말했을 뿐입니다. 송아름이 학폭으로 전학 왔지만, 분명히 이번 사건의 가해자는 박은비라고 했어요."

교장도 억울한 마음이 있는지 적극적으로 자신을 변명했다.

"하지만 교장이라는 직책이 '네, 그래요.' 할 수 없는 거랍니다. 상황을 객관적으로 봐야 하지요. 분명히 말해 절대 누구 편을 들지 않았습니다."

어쩌면 누구 편을 들지 않았기에 두 학부모는 담임인 이미아에게 감정을 호소했을지도 모른다.

"사실 이미아 선생이 휴직을 요청했었어요."

이미아가 휴직을? 김희준도 처음 듣는지 고개를 다시 휙 돌려 교장을 바라봤다. 이미아는 힘들게 임용고시를 통과하고도 휴직을 하고 싶었던 것이다. 그만큼 그 상황에서 벗어나고 싶었던 것이다.

"그래서요?"

"난 힘들어도 조금 참자고 했어요. 어차피 휴직해도 이 상황을 벗어날 수는 없다고 했어요. 그건 사실입니다. 이 반에서 일어난 학폭은 휴직을 해도 이미아 선생에게 책임이 있어요."

옆에서 김희준이 이를 악물며 말했다.

"그냥 휴직시켜 주면 됐지 않습니까?"

"내 말 못 들었나? 휴직해도 이 사건의 책임에서 벗어날 수 없어."

"그게 왜 담임 책임이에요. 교실에서 지들끼리 싸운 것이 왜 담임 책임이 되냐고요?"

"법이 그런 걸 어떡하나? 담임 선생은 학급의 학교폭력에 대한 예방과 지도책임이 있는 거야."

그 말을 듣는 순간 노수미와 김희준의 감정이 격해졌다.

"그럼 학교에서 일어난 일은 모두 교장 선생님 책임이네요."

"그러니 아무도 피해 보지 않게 이렇게 노력하고 있잖아!"

김희준이 자리에서 벌떡 일어났다.

"교장 선생님, 잘못은 아이들이 했는데 학부모는 담임을 괴롭힌다고요. 교장 선생님도 이런 대우를 받으면 억울하지 않겠습니까?"

교장도 화가 났는지 벌떡 일어서 겉옷을 벗고 팔을 걷어 보였다. 교장의 팔뚝에는 상처를 꿰맨 자국이 있었다.

"난 젊은 시절 학폭을 막으려 칼을 든 아이들에게도 뛰어들어 막았어. 그래서 이런 상처도 얻었고. 하지만 난 누구도 원망하지 않았어. 심지어 내 돈을 내서 치료까지 했다고. 교사란 이런 마음으로 하는 거야."

교장의 기세에 놀랐는지 김희준이 움찔했지만, 할 말은 했다.

"아무튼 교장 선생님은 이미아 선생의 죽음에 책임이 있어요."

"더는 이야기하고 싶지 않으니 나가게!"

노수미는 자리에서 일어났다. 지금은 감정이 격해 있으니 무슨 말을 해도 소용없을 것이다. 노수미는 김희준의 팔을 잡았다.

"희준 쌤, 지금은 일단 나가죠. 너무 흥분했어요."

김희준은 주먹을 부르르 떨었지만 더는 말이 없었다. 노수미는 교장에게 말했다.

"교장 선생님, 지금 선생님들은 슬픔에 빠져 있어요. 학교에서 정상적으로 수업하기 힘듭니다."

교장은 입술을 달싹거렸지만, 말을 하지는 않았다.

"일부 학생들이 이미아 쌤의 죽음을 모욕하고 있어요. 선생님과 아이들의 교육을 위해서라도 이 학년 이 반에 추모할 수 있는 공간을 만들어주세요."

교장의 인터폰이 울렸다.

"여보세요. 그래…… 뭐? 교문에 근조 화환이 있다고?"

노수미는 김희준과 함께 교문 밖으로 나갔다. 몇몇 교사들이 벌써 나와 있었다. 정말 근조 화환이 교문 옆에 있었다. 리본에 선생님의 명복을 빈다는 문구가 쓰여 있었다. 누가 보냈는지 알 수 없었다. 교사들이 운동장을 가로질러 가는 것을 보고 축구하던 남학생 몇몇이 따라 나와 근조 화환을 보았다.

"이놈들, 너희들은 어서 교실로 들어가라."

교장과 같이 나온 교감이 아이들을 교실로 돌려보냈다. 교장이 허리에 손을 올리고 근조 화환을 보았다.

"도대체 누구야? 누가 학교를 이렇게 들쑤시는 거야!"

교장이 뒤돌아 김희준을 바라보았다.

"전 아니에요."

교장이 교감을 돌아보았다.

"어서 치우세요. 그리고 다시 교직원 회의를 소집하세요."

"네, 그렇게 하겠습니다."

교감은 대답과 함께 선생님들을 보았다. 화환 치우기를 도와달라는 눈빛이었다. 근조 화환은 이미아 선생의 애도를 위한 것이다. 그것을 치운다면 선생님을 두 번 죽이는 것이 될 것이다.

선생님들은 재빨리 학교 안으로 사라졌다. 김희준이 한마디 하려는 것을 노수미가 팔을 잡아끌어 학교로 들어갔다.

그날 오후수업은 단축 수업으로 이루어졌다. 아이들을 오래 보기 힘들었는데 노수미는 다행이라고 생각했다. 교사들은 다시 회의실로 모였다. 어제와는 사뭇 다른 분위기였다. 이미아 선생이 학부모들에게 괴롭힘을 당했다는 사실을 알고 모두 분개했다. 교장이 회의실 단상 쪽으로 걸어 나갔다. 교감이 그 뒤를 따랐다.

교장은 단상의 마이크를 잡았다. 평소 같았으면 교감에게 지시를 내렸을 텐데 마음이 급한 것 같았다.

"도대체 누가 근조 화환을 보낸 겁니까?"

교장은 거칠게 말하고는 선생님들을 둘러봤다. 당연하겠지만 아무도 손을 들지 않았다.

"선생님들, 어제 제가 그렇게 말씀드렸지 않습니까? 물론 안타까운 사건이지만, 여기에 연루된 학생들은 극히 일부예요."

김희준이 벌떡 일어섰다.

"이건 한 교사의 죽음이 아닙니다. 학부모와 학생들의 선 넘는 행동에 지친 교사의 절규가 정말로 들리지 않으시는 겁니까? 저만 해도 그렇습니다. 몇 달 전 우리 반에서 일어난 학폭 사건 때문에 정신적 스트레스를 보상하라며 아직도 저한테 연락이 옵니다."

김희준은 주머니에서 약봉지를 꺼내 흔들었다.

"정신건강의학과 약이에요. 다른 선생님들이 조언해줬어요. 우리도 정신과 다닌다는 증거를 만들어 싸워야 한다고 했다고요. 하지만 이건 답이 되지 않습니다. 이번 사건을 그냥 넘어간다면 이미아 쌤 다음 순서는 누가 될지 모르는 겁니다!"

김희준은 평소와 달랐다. 자신을 그동안 괴롭혔던 굴레를 벗어던진 것 같았다. 노수미의 가슴도 덩달아 뜨거워졌다.

연일 학교가 무너졌다고 뉴스에서 말하고 있었다. 하지만 누구도 원인을 찾으려 들지 않고 학교만 탓하고 있었다. 교사는 폭력에 촌지만 받는 사람으로 취급했다. 담임교사를 갑으로만 취급했다. 하지만 아니다. 교사는 을 중에 을인 것이다.

노수미도 일어섰다.

"교장 선생님, 이미아 선생님을 이대로 그냥 보내면 우리는 교육자이길 포기하는 거라고요."

회의실이 시끄러워졌다. 저마다 한마디씩 했다. 그동안 참으며 쌓였던 분노가 한꺼번에 폭발하는 것 같았다.

"진정하세요. 선생님들 제발 진정하세요."

교감이 두 손을 들고 소리쳤다. 하지만 성난 군중들을 멈추기는 역부족이었다. 그러자 교장이 마이크를 입에 대고 괴성을 질렀다.

"그래서! 도대체 뭘 어쩌자는 겁니까?"

순간 회의실은 조용해졌다. 회의실에 모인 선생님들이 일어서 있는 김희준과 노수미를 바라보았다. 이왕 봉기를 했으니 너희를 따르겠다는 눈빛이었다.

노수미는 이미아 선생이 더는 비난 받지 않고, 잘 보내주고 싶었다.

"교장 선생님, 이 학년 이 반 교실을 정식으로 추모 공간으로 만들게 해주세요. 이게 아이들 교육에도 도움이 될 겁니다."

선생님들이 웅성거리며 동의했다. 김희준도 두 손을 올려 선생님들을 집중시켰다. 이제 신규교사로는 보이지 않았다.

"이미아 선생님이 억울함이 없도록 우리가 사실을 밝혀야 합니다. 이미아 선생님은 두 학부모들에게 지속적으로 괴롭힘을 당했어요. 이게 죽음의 원인이라면 그들도 마땅한 벌을 받아야 합니다."

뒤에서 마이크를 든 교장이 소리쳤다.

"그만둬! 학교의 교장으로 명령합니다. 당장 직무에 충실히 임하세요. 학교가 회사라면 학생과 학부모는 고객인 겁니다. 고객은 왕인 거 몰라요?"

김희준의 눈이 밝게 빛났다. 뭔가 잘 걸렸다는 듯 미소를 지었다.

"교장 선생님, 회사도 진상 고객을 막아줍니다. 그리고 좋은 회사는 직원의 안정과 건강을 위해 환경을 조성해주고요. 교장 선생님은 언제까지 직원을 죽음으로 내몰 겁니까?"

"김희준 선생, 한 번만 더 그런 소리 하면 직위해제 시킬 겁니다. 교장에게는 그럴 권한이 있어요."

"어디 해보세요. 저는 각오하고 있습니다. 이미아 선생님은 동기인 제게 분명히 구조신호를 보냈어요. 저도 책임이 있습니다. 그것 때문에 관둬야 한다면 관두겠습니다. 그럼 교장 선생님께 묻겠습니다. 이미아 선생님의 구조신호를 받고 뭐라고 했습니까? 다시 교실로 돌아가라고, 교실에서 일어난 학폭을 해결하라고 등 떠민 거 아닙니까? 교장 선생님, 세상은 변했습니다. 이제 고객이 왕인 시대는 지났습니다. 고객도 직원도 행복해야 한다고요."

교장은 마이크를 놓더니 회의실을 박차고 나갔다. 회의실은 박수 소리가 가득했다.

노수미는 김현아와 이 학년 이 반 교실로 갔다. 창문에서 보니 교탁에 국화가 놓여 있었다. 아까 교감이 갖다놓은 것이다.

수미는 교실 손잡이를 잡았다.

"들어가보자."

노수미는 교실 안으로 들어갔다. 이미아 선생이 마지막까지 얼마나 고민했을지, 그 고민의 순간까지도 얼마나 무섭고 두려웠을지 생각하니 가슴 한구석이 아려왔다.

"어? 수미 쌤 이것 좀 봐."

칠판 구석에 포스트잇이 붙어 있었다. 여느 교실처럼 안내 사항일 줄 알았는데 그건 편지였다.

선생님 저희 때문에 괴로우셨죠. 죄송해요. 하늘나라에서
는 좋은 아이들 만나세요.

한 아이가 쓴 포스트잇이었다. 노수미는 눈물이 핑 돌았다. 세상에는 천사와 악마가 공존하는 것이 확실하다.

"좋아, 현아 쌤 이렇게 하자."

"뭐?"

"교실의 게시물을 모두 철거하고 포스트잇을 교탁에 가져다 놓자. 그리고 학생들이 하고 싶은 말을 쓰도록 하는 거지."

"교장 선생님이 허락하지 않았잖아."

"이런 일에 교장의 허락이 필요한 것일까?"

"학교의 모든 일은 교장이 결정한다잖아. 그러다 진짜 직위
해제 되면 어쩌려고 그래?"

김현아는 진지하게 말했다. 그러나 말과 다르게 교실의 원래
게시물을 철거하고 있었다.

"교장이 결정한다면서."

"맞아. 하지만 허락하지 않지도 않았어."

그건 억지다. 교장은 아까 회의실에서 노수미의 질문에 답하
지 않은 것을 말하는 것이다. 그건 김희준이 끼어들었기 때문
이다.

"그렇게 말하면 되는 거지?"

노수미도 같이 게시물을 걷었다. 지금은 옳다고 생각하는 일
을 무엇이든 해야 했다. 그때 이 학년 선생님들이 청소도구를
들고 들어왔다. 모두 마음이 통한 걸까. 교실을 청소하고 정리
하려고 온 것이다.

"부장님……."

"우리 모두 같은 동료라고요."

그렇게 이 반 교실을 깨끗이 청소하고 꾸몄다. 칠판에 '이미아 선생님을 기억합니다'라고 크게 썼다. 선생님들도 포스트 잇에 한마디씩 써서 칠판에 붙였다. 노수미도 포스트잇에 마지막 인사를 썼다.

고마웠어요. 언제까지나 함께할게요.

김희준이 교문에 있었던 근조 화환을 들고 들어왔다.
"어? 그거는?"
"현관 옆에 있더라고요. 그래서 가져왔습니다."
노수미는 '괜찮을까?'라고 물으려다 관뒀다.
"저 칠판 옆쪽이 좋겠네요."
그렇게 이미아 선생을 기억하는 추모 공간이 완성되었다. 김희준은 포스트잇에 편지를 써서 칠판에 붙였다.

미아 쌤이 붙인 불길을 절대 꺼뜨리지 않겠습니다. 그리고 미아 쌤이 저를 구했어요. 고맙습니다.

계속 싸우겠다는 뜻이다. 수미는 고개를 끄덕이고는 말했다.

"아까 회의실에서 멋있었어요."

"누가 멋있으라고 하나요? 이건 저의 싸움이기도 해요."

자신을 괴롭히고 있는 학부모를 두고 하는 말일 것이다.

"그래요. 우리 한번 바꿔봅시다."

김희준은 고개를 강하게 끄덕였다.

* * *

노수미는 집으로 돌아가서도 쉴 수가 없었다. 아무래도 안 되겠다 싶어 밤이 늦었지만 다시 장례식장으로 갔다.

하얀 국화를 이미아 선생의 영전에 올리고 조문실을 나오니 많은 선생님들이 있었다. 어디에 앉을까 둘러보는데 한쪽 구석에 교감이 혼자 앉아 있었다. 가까이 가보니 소주를 마시고 있었다.

"어, 노수미 선생, 여기 앉으세요."

노수미는 맞은편 의자에 앉았다. 교감이 소주병을 들고 흔들었다. 마시겠냐는 뜻이다.

"아니요. 내일 또 출근해야죠."

노수미는 대신 생수를 앞에 두었다. 교감은 소주를 자신의 잔에 따라 한 번에 마셔버렸다. 눈이 퀭하고 흰머리가 더 는 듯했다. 지난 이틀 사이 스트레스를 받아 폭삭 늙은 것 같았다.

"추모 공간을 잘 만들고 왔나요?"

"교감 선생님, 알고 있었어요?"

"후후, 교감은 눈이 여러 개야. 학교에서 일어나는 모든 일을 알고 있어야 한다고요."

"교장 선생님은 괜찮을까요?"

"뭐, 어떻게라도 되겠지."

"추모 공간 만들어서 교장 선생님께 혼나시면 어떡해요?"

"어허, 노수미 선생! 교감이 교장 선생님한테 혼나는 게 어딨어요? 내 그것은 설득해볼게요."

교감이 교장에게 매일 혼난다는 소문이 교사들 사이에는 쫙 퍼져 있었다. 교감은 소주를 한잔 더 따라 마시고는 말했다.

"노수미 선생, 내게 딸이 있다고 말했었나?"

"아니요. 교감 선생님이랑 사적인 얘기를 하는 것도 처음인 걸요."

"그랬나? 그러고 보니 학교가 많이 변했네요. 예전엔 수업 끝나면 동료 교사들끼리 또 힘내자고 함께 소주를 마시곤 했어요. 서로 힘든 일이 있으면 위로하고 같이 집으로 가서 밥도 먹고 이사도 돕고 했었지요. 하지만 이제는 서로의 가정사를 묻는 것이 예의에 어긋난 시대가 됐으니 아쉽습니다."

"뭐, 세상은 변하니까요. 아이들 교육이 안 좋아졌다고 해서 다시 몽둥이를 들자고 할 수는 없잖아요."

"내, 변화를 거부하는 사람은 아닙니다. 아무튼 우리 딸이 작년에 대학에 들어갔어요. 바로 ○○교대에요."

교대라면 졸업 후 임용고시를 통해 초등교사가 되는 것이다.

"어려서부터 아빠를 보고 선생님이 되겠다고 하더니 정말 교대에 들어갔어요. 얼마나 자랑스러운지……."

교감은 딸 생각을 하는지 옅게 미소 지었다. 노수미는 아버지가 생각났다. 임용고시에 합격했을 때, 선생님이라고 부르며 누구보다 기뻐해주셨다.

교장은 학교의 정상화를 위해 아이들이 동요할 만한 추모 공간을 만들기를 꺼렸지만, 교감은 누구보다 먼저 국화를 이 반 교실에 사다놓았다.

"교감 선생님 따님 생각이 나신 거군요?"

"무슨 소립니까?"

"이 반 교실에 국화를 사다놓으셨잖아요. 그리고 아이들도 쫓아내고요."

"아, 그거……."

교감은 고개를 미세하게 끄덕였다.

"처음에는 그저 교감의 의무로 갖다놓았는데 점점 딸 생각이 났어요. 심각하게 생각하지 않는 아이들과 괴로워하는 젊은 선생님들을 보고 우리 딸이 미래에 학생들을 가르칠 학교가 이러면 안 된다는 생각이 들었어요."

교감이 술을 따르려고 소주병을 들었다.

"내 너무 아빠 같은 소리를 했나요?"

노수미는 눈물이 핑 돌았다. 노수미는 소주병을 빼앗아 교감의 잔에 따랐다.

"이게 마지막 잔이에요. 내일부터 학교를 바꾸려면 많은 일을 하셔야 할 거예요."

"어허, 알겠습니다. 내일부터 더 힘든 일이 많이 발생할지도 모르니 노수미 선생이 그래 김희준 선생과 학교 선생님들을 잘 이끌어보세요."

"네? 저는 겨우 오 년 차고 희준 쌤은 신규라고요. 당연히 교감 선생님이 앞에서 이끌어주셔야죠."

"난 따로 할 일이 있습니다."

"네? 무슨 일이요? 이것보다 중요한 일이 어딨다고요?"

노수미는 눈을 크게 뜨고는 물었다. 교감은 소주잔을 들어 마셨다.

"크악, 마지막 잔이라 그런지 쓰네. 전 교장 선생님을 맡아야 하지 않겠습니까?"

학교의 결정권자는 교장이다. 학교를 바꾸려면 교장의 생각을 바꿔야 했다.

"그렇네요. 교감 선생님의 임무가 가장 막중하네요."

"교장 선생님 나쁜 사람처럼 보이지만 누구보다 학교를 생각하고 있어요."

노수미는 교장 선생님 팔에 난 칼자국이 생각났다. 젊었을 적에는 학생들을 생각하는 열혈교사였을 것이다.

"교장 선생님은 너무 꼰대예요. 세상은 변했다고요."

"그러니 제가 맡아야죠. 그럼 늦었는데 가볼까요?"

교감은 옆 의자에 걸려 있던 재킷을 들어 입었다.

"교감 쌤."

노수미가 부드러운 목소리로 불렀다. 어느새 교감에게 친근한 마음이 들어 말투가 달라졌다.

"네?"

"교감 쌤이 근조 화환 시켰어요?"

교감은 주변을 둘러보더니 손가락을 입술에 올렸다.

"이건 절대로 비밀로 해야 해요. 이거 교장 선생님께서 아시면 진짜 혼난다고요."

역시 사람은 겉으로 보이는 모습이 다가 아니다. 내일 학교에서도 교감은 교장의 편에 서서 행동할 테지만 진심은 아닌 것이다.

"교감 쌤, 제 차로 가세요. 댁이 어디세요? 모실게요."

"괜찮습니다. 남들이 보면 무슨 생각을 하겠어요."

"뭐, 술 취한 아버지와 모시러 온 딸로 보겠죠."

"참. 그런가요? 그럼 부탁합니다. 내일부터 더 힘겹게 싸워야 하니까요."

밖으로 나오니 보름달이 환하게 비추고 있었다.

"교감 쌤, 근조 화환은 어떻게 시키는 거예요?"

"젊은 사람이 그런 것도 몰라요? 인터넷에는 뭐든지 있어요."

노수미는 오늘 처음으로 미소 지었다. 우리가 가만히 있지 않는다고 해서 세상이 바로 바뀌지는 않을 것이다. 하지만 적어도 세상에 알릴 수는 있을 것이다. 그렇게 시작하면 되는 것이다.

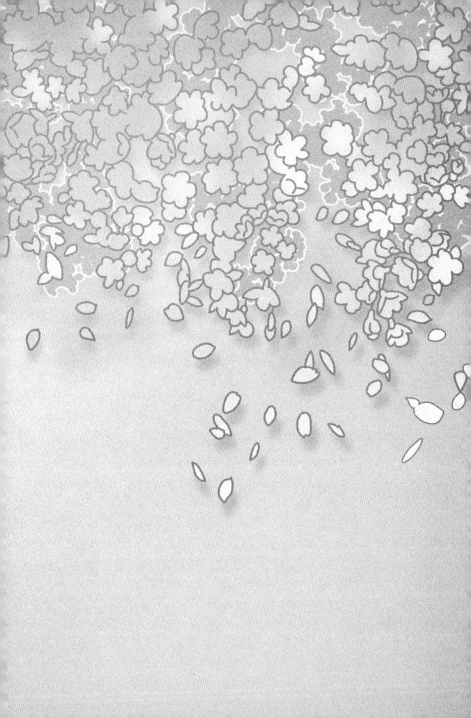

모두의 거짓말

정명섭

강범준은 모니터를 보면서 코를 후벼 팠다. 몇 번의 시도 끝에 커다란 코딱지를 꺼내는 데 성공한 그는 엄지와 검지를 이용해서 동그랗게 만든 다음에 손끝으로 튕겼다. 그리고 가려운 머리를 벅벅 긁었다. 며칠째 감지 않은 머리에서 냄새가 나는 것 같았지만 신경 쓰지 않았다. 그리고 팔짱을 낀 채 모니터를 들여다보며 중얼거렸다.

"이 정도면 잘 편집했네."

강범준이 중얼거리는 걸 들은 동료이자 친구인 이성한이 짜증을 냈다.

"대충 보지 말라고. 지난번에 올린 영상도 조회수가 개판인데 말이야."

"쇼츠 영상도?"

"그것도 망했어. 숫자를 좀 봐."

이성한의 얘기를 들은 강범준은 키보드 옆에 있는 휴대폰으로 유튜브 채널에 들어갔다. 그리고 도로 휴대폰을 내려놨다.

"요즘 갑자기 왜 이렇게 조회수가 떨어졌냐? 우리가 뭐 사고 친 것도 없잖아."

"없지. 근데 다른 레커들이 겁나 잘 달려서 말이야."

이성한의 대답을 들은 강범준은 다시 코를 후비면서 중얼거렸다.

"여기도 이제 레드오션이네."

몇 년 전, 다니던 회사가 망하면서 편의점에서 알바를 하던 강범준은 소주를 사러 온 이성한을 만났다. 초등학교와 중학교 동창이면서 죽이 잘 맞았던 둘은 곧잘 붙어 다녔다. 그러다가 이성한이 고등학교 때 경기도 신도시로 이사를 가면서 헤어졌다가 다시 우연찮게 만나게 된 것이다. 강범준은 이성한이 산 소주에 폐기된 삼각김밥을 먹으면서 신세 한탄을 이어 갔다. 이성한 역시 부모의 사업이 망하면서 일거리를 찾는 중이었다. 하지만 배달이나 상하차 정도밖에는 할 일이 없었다. 강범준 역시 비슷한 처지라서 한숨만 푹푹 쉬고 있는데 갑자기 이성한이 엉뚱한 얘기를 했다.

"우리 유튜브 해볼까?"

"유튜브? 그게 돈이 된대?"

"조회수만 잘 나오면 괜찮대. 광고도 붙고 말이야. 솔직히 우리가 지금 그럴듯한 회사에 취직할 상황도 아니고 몸 쓰는 알바밖에 못 하잖아. 이러다 나이 들고 아프면 그것도 못 한다고."

안 그래도 재고를 몇 번 틀렸더니 점장이 사장에게 투덜거리는 걸 들은 적이 있었다. 점장은 자기보다 나이가 많은 강범준을 몹시 불편하게 여겼다. 이러다 사장이 그만두라고 하면 잘릴 수밖에 없는 처지였다. 다른 편의점에서는 30대 중반의 강범준을 아르바이트로 쓸 거 같지는 않았다. 이래저래 답답해진 강범준에게 이성한이 덧붙였다.

"너, 말 하나는 끝내주게 잘하잖아. 중학교 이 학년 때 국어 선생이 문제 틀린 거 아니라고 할 때 니가 끝까지 조목조목 따져서 결국 사과 받았잖아. 그리고 삼 학년 때인가 작가와의 만남 했을 때 기억나?"

"어, 기억나지."

"네가 사회를 잘 봐서 작가가 고맙다고 칭찬하고 선물도 주고 갔잖아."

"그랬지."

그때를 떠올린 강범준이 고개를 끄덕거리자 이성한이 주먹으로 테이블을 가볍게 내리쳤다.

"내가 이것저것 일하다가 온라인 쇼핑몰 회사에 들어갔었거든. 거기서 휴대폰으로 영상 찍고 편집하는 거를 좀 배웠어. 그러니까 내가 찍고 너는 나오고 오케이?"

"반땡이다."

"그럼, 물론이지."

"그런데 뭘 찍냐? 요즘 유튜브에 이상한 애들 많이 나오던데."

강범준의 물음에 이성한이 씩 웃었다.

"사이버 레커라고 들어봤냐?"

"렉카는 아는데 사이버 레커는 또 뭐야?"

"연예인이나 운동선수가 사고치는 걸 폭로하는 거야."

"그러니까 연예부 기자 같은 거네? 그게 잘될까?"

미심쩍어하는 강범준에게 이성한이 특유의 한쪽 눈을 찌푸리는 표정을 지으며 엄지손가락을 펼쳤다.

"물론이지. 나만 믿으라고."

그렇게 세상의 끝에 선 둘은 의기투합해서 '이슈 톡톡'이라는 이름의 유튜브 채널을 만들었다. 시작하고 몇 달 동안은 조회수가 수백도 안 나올 정도로 고전했지만, 천신만고 끝에 성실한 이미지를 가진 남자 배우의 이중생활을 공개하면서 드디어 뜨기 시작했다. 그리고 한 이 년 정도는 계속 채널이 성장했다. 그래서 경제적으로 여유도 생기고, 차도 살 수 있었다. 집에 돈도 가져다주면서 성인이 되고 처음으로 어깨를 펼 수 있었다. 그런데 최근 들어서 조회수가 급격하게 떨어졌다. 영상도 성실히 만들고 있었고, 사고를 친 것도 없었는데 말이다. 주제 선정을 잘못해서 한두 번 그런 적은 있지만 최근 몇 달 들어서 계속 조회수가 하락해 강범준은 많이 초조했다. 엄지손톱을 물어뜯으며 초조해하는 강범준에게 이성한이 말했다.

"아무래도 요즘 레커들이 늘어나서 그런가봐."

"진짜?"

강범준의 반문에 이성한이 어깨를 으쓱거렸다.

"이번 주만 해도 못 본 채널이 두 개나 늘었어. 재미가 좋으니까 다들 이쪽으로 시작하나봐."

"다구리에 장사 없다고, 어떡하지?"

"일단 하던 대로 하면서 대책을 세워봐야지."

이성한의 얘기에 강범준은 살짝 짜증이 났다.

"야, 그렇게 한가한 소리 할 때가 아니잖아. 이러다 훅 가는 거 시간문제야."

"나도 알아. 그런다고 무리수를 둘 수는 없잖아. 그러다 나락 간 채널 못 봤어?"

강범준은 답답한 마음에 천장을 바라보며 한숨을 쉬었다. 그런 모습을 본 이성한이 말했다.

"촬영하고 대본 짜느라 피곤해 보이네. 오늘은 들어가서 좀 쉬어. 나도 편집한 거 예약 걸어놓고 들어갈게."

"알았어."

어차피 더 얘기해봤자 답이 나올 상황은 아니라서 일단 집에 가서 쉬기로 했다. 의자에 걸어둔 점퍼를 챙겨 입고 밖으로 나왔다. 빌라의 옥탑방이라 가파른 계단이 기다리고 있었다. 엘리베이터가 있긴 했지만 머리를 식히기 위해서 계단을 걸어

내려가기로 했다. 계단을 내려와서 빌라 밖으로 나온 강범준은 골목길을 터덜터덜 걸어갔다. 아직 춥지는 않았지만 싸늘한 기운이 목덜미를 스쳐 지나갔다.

"유튜브 망하면 어떡하지?"

예전에 유튜버 모임에서 술에 취한 누군가가, 여긴 모래성이라고 중얼거린 적이 있었다. 아무리 조회수가 많이 나오고 유명해도 실수 한 번에 훅 간다는 것이었다. 모래성 운운했던 유튜버 역시 몇 달 후, 온라인 쇼핑몰을 열었다가 싸구려를 비싸게 팔았다는 이유로 활동을 중단하게 되었으니까 말이다.

다시 편의점 알바 같은 건 죽어도 하기 싫었다. 이런저런 걱정을 하느라 마을버스가 도착하는 것도 알아차리지 못한 채 손톱을 물어뜯었다. 그러다가 뒤늦게 버스가 출발하려는 것을 알아차리고 서둘러 탔다. 허겁지겁 빈자리에 앉아서 어머니에게 카톡을 보냈다. 외아들에 대한 걱정으로 가득한 어머니는 바로 뭐 해줄까 라는 답이 왔다. 강범준은 일 초도 머뭇거리지 않고, 소고기가 들어간 미역국이라고 답했다. 집에 가서 좋아하는 미역국을 먹을 생각을 하며 주머니에 휴대폰을 넣으려던 강범준은 화면에 뜬 뉴스 속보를 보고 중얼거렸다.

"선생님이 자살? 교실에서?"

혀를 찬 강범준은 주머니에 휴대폰을 넣으며 중얼거렸다.

"개나 소나 자살이야."

정류장에서 내린 강범준은 바로 길 건너편에 있는 아파트 단지로 들어갔다. 103동 현관으로 들어가서 엘리베이터를 타고 14층에 내리자마자 미역국 냄새가 코를 찔렀다. 비번을 누르고 안으로 들어가자 어머니가 부엌에서 고개를 쑥 내밀었다.

"어서 와. 얼른 씻고 와. 명란젓도 있어."

"네."

화장실에서 간단히 씻고 나온 강범준은 의자에 앉았다. 김이 모락모락 나는 미역국을 본 그는 군침을 삼키며 숟가락을 들었다. 맞은편에 앉은 어머니는 명란젓이 든 접시를 쓱 밀었다.

"어째 요즘 일은 잘 되니?"

"네, 그럼요. 생활비 필요하세요?"

"지금 주는 걸로도 충분해. 좀 있으면 연금도 나온다고 하더라."

숟가락을 든 강범준이 미역국을 뜨려는 찰나, 어머니의 휴대폰이 경쾌하게 울렸다. 휴대폰을 든 어머니가 부엌 밖으로 나가자 강범준은 미역국에 밥을 만 다음에 먹어 치우기 시작했다. 거실에서 한참 통화를 하던 어머니가 한숨을 쉬며 들어왔다. 뭔가 말을 붙여달라는 신호라서 숟가락을 내려놓은 강범준이 물었다.

"왜요?"

"미란이 작은딸 말이야. 본 적 있지?"

"고딩?"

"아니, 걔는 큰애고, 그 아래."

"아, 하나 더 있었지. 이름이 뭐였더라? 아버지 돌아가시고 못 본 지 꽤 되었잖아요."

"찬미."

"아, 기억난다. 그런데 왜요?"

"요즘 정신과에 다닌다더라."

"왜?"

젓가락으로 마른반찬을 집은 강범준의 물음에 어머니가 대답했다.

"학교에서 누가 괴롭혔나봐."

"아, 요즘 학폭 심하다고 하던데 개도?"

"다행히 괴롭히던 애가 강제 전학을 가긴 했는데 종종 연락을 하나봐. 그래서 잠도 못 자고 괴로워한다더라."

"요즘 애들 진짜 살벌하네."

"방학 때 어디 지방이나 해외여행이라도 보내야겠다고 하더라."

"돈 빌려달래요?"

"그런 눈치 같았는데 없다 그랬지. 너 사업하는데 돈 들어간다고 그랬어."

"사업은 무슨, 그냥 유튜브 하는 거예요."

"그래도 잘되고 있다니까 마음이 놓인다."

뭔가 더 말하려던 어머니는 젓가락을 들었다. 그때 어머니가 거실에 틀어놓은 TV에서 아까 속보로 봤던 뉴스가 나왔다.

월령 중학교에서 발생한 교사 자살 사건에 대한 여러 가지 의혹이 제기된 상태입니다. 학교에서는 학생들의 학습권을 이유로 외부 취재를 막고 있는 가운데 일부 학생과 교사들 사이에서는 자살한 교사가 극심한 압박에 시달리다가 극단적인

선택을 한 것이라는 주장이 제기되고 있습니다.

뉴스를 본 어머니가 혀를 찼다.

"아유, 어쩌다 자살을 했을까? 남은 가족들은 어쩌고."

"아까 오면서 봤어요. 요즘 학교가 개판이네요."

"아이고."

한숨을 푹 쉬던 어머니의 휴대폰이 다시 울렸다. 얼른 전화를 받은 어머니는 이번에는 그냥 앉은 채 통화를 했다. 몇 번이고 정말이라고 대답한 어머니는 통화를 끝내고는 손을 휘휘 저었다.

"아이고야."

"무슨 일인데요?"

"찬미를 괴롭힌 애가 강제 전학으로 간 학교가 월령 중학교란다."

"월령 중학교면?"

강범준은 다른 뉴스로 넘어간 TV를 다시 봤다.

"저 학교네요?"

"그래, 찬미가 저 뉴스를 보고 다시 발작 같은 걸 일으켜서 난리도 아니래."

어머니의 얘기를 들은 강범준은 짜증을 냈다.

"아니, 좋은 얘기도 아닌데 왜 그런 걸 중계해준대, 진짜."

"그런 말 하지 마라. 그래도 친척이잖아."

아까와는 전혀 다른 반응이라 강범준은 속으로 투덜거리며 숟가락을 다시 집었다. 그런데 이번에는 점퍼에 넣어둔 강범준의 휴대폰에서 카톡 알림음이 들렸다. 이성한이 보낸 카톡이었다.

- 뉴스 봤냐?

- 무슨 뉴스?

- 교사가 학교에서 자살한 거 말이야.

- 지금 보고 있어.

- 냄새가 좀 나지 않아?

잠깐 고민하던 강범준이 톡으로 대답을 남겼다.

- 그게 조회수가 나오겠어?

- 지금 여기저기 파보는데 장난 아니야.

- 자살한 사람이 한둘도 아니고.

- 이번엔 경우가 좀 다르다니까. 지난번 프로파일러 아저씨 얘기 기억나?

- 뭐? 자살하는 장소가 곧 유언장이라는 거?

- 그래, 학생이 아니라 선생님이 교실에서 죽음을 맞았다는 건 분명 학교에 무슨 일이 있었기 때문이라는 거 아니겠냐? 구린 느낌이 난다고.

- 그건 그렇지.

- 자살 이유가 될 만한 이야깃거리가 인터넷에 조금씩 나오는 것 같아.

- 벌써? 뭐래?

- 자꾸 사라지긴 하는데, 학생들 사이에서 폭력 이슈가 있었던 것 같아. 전학생이랑 원래 다니던 애랑.

그 사이에 거실로 가서 소파에 엉거주춤 앉은 어머니는 리모컨으로 다른 채널의 뉴스를 찾는 중이었다. 아마 지금 이성한과 얘기 나누는 그 사건을 보도하는 채널을 찾는 것 같았다. 그

걸 잠깐 지켜보던 강범준이 다시 톡을 남겼다.

- 애들끼리 치고받았는데 왜 선생이 자살해?

- 고래 싸움에 새우 등 터진 거지. 양쪽 학생이랑 학부모
  사이에 껴서 많이 시달렸나봐.

- 아니 사람을 얼마나 괴롭혔길래…….

- 그러니까 한번 파보자. 잘하면 우리 채널도 반등할지 몰라.

- 우리 그동안 학교는 안 건드렸잖아.

- 조회수가 나올 건덕지가 없어서 그런 거지. 인터넷으로
  이 사건에 관한 얘기들이 굉장히 빨리 퍼지고 있어. 너
  우리 작은아버지 본 적 있었나?

- 초등학교 선생님이라던?

- 맞아. 진짜 존재감 제로였는데 지금 친척들 단톡방에 계
  속 글을 올리고 있어. 아주 열 받은 것 같아.

- 선생님 입장에서는 그러고도 남겠지.

- 내가 볼 때 이거 우리한테 기회야. 느낌이 팍 와. 그러니
  까 이 건수 파보자.

이성한은 '제발 플리즈'라는 톡을 보내고 강아지가 무릎을 꿇고 두 손을 싹싹 비는 이모티콘을 보냈다. 거실에서는 어머니가 해당 사건을 보도하는 채널을 찾고서는 소파의 등받이에 몸을 맡기셨다. 아들에게 밥을 차려주고 같이 먹는 걸 세상에서 가장 중요하게 생각하는 어머니가 뉴스에 푹 빠져 있는 걸 본 강범준은 한숨을 쉬고는 톡을 남겼다.

- 오케이.
- 좋아. 내일 그 학교 앞에서 보자. 일찍 나와. 등교하는 애들 영상도 찍고, 인터뷰도 해보자.
- 그래. 여덟 시에 월령 중학교 앞에서 봐.

카톡에서 1이라는 숫자가 사라지는 걸 본 강범준은 휴대폰을 뒤집어놨다.

미역국에 남은 밥을 부어 들이키던 강범준은 씁쓸하게 웃었다. 사이버 레커로 활동하면서 사람들의 어두운 부분을 질리도록 볼 수 있었다. 문제가 생기면 사람들은 사과하거나 잘못을 인정하는 대신 변명을 하거나 다른 사람에게 떠넘겼다. 그런 일을 반복하면서 상대방이 지쳐서 나가 떨어지거나 포기하게 만드는 것이었다. 물론, 그런 과정들이 모두 콘텐츠가 되고 높은 조회수로 이어지기 때문에 장단을 맞춰주곤 했지만, 그때마다 인간의 어두운 면을 정면으로 들여다보는 것 같아서 불편하고 고통스러웠다.

이런저런 생각에 잠겨 있던 강범준은 갑자기 아까 사촌 조카인 찬미를 괴롭히던 여학생이 그곳으로 전학을 갔다는 어머니의 말을 떠올렸다. 묘한 우연의 일치라고 생각하는데 이성한에게 또다시 톡이 왔다.

- 보니까 다른 레커들도 냄새를 맡은 모양이야. 서둘러야겠어. 그리고 검색해도 싸웠다는 학생들 이름은 코빼기도 안 보여. 누가 의도적으로 지우는 건지, 뒤에 누가 있는 건지 알아봐야겠어.
- 일단 싸운 학생들이 누군지부터 알아야겠네. 그리고 목격자랑 관계자들 인터뷰 해서 영상 만들어 올리면 그림 나올 것 같아.
- 그래, 그리고 학교 간 김에 동료 교사랑 사이는 어땠는

지, 생활은 괜찮았는지 그런 것도 같이 알아보자고.

- 오케이. 내일 학교 앞에서 보자.

대답 대신 엄지손가락을 치켜든 과일 모양의 이모티콘이 보였다. 얘기를 마치고 다시 숟가락을 든 강범준은 식어버린 미역국을 퍼먹었다. 거실에서 TV를 보던 어머니가 돌아와서 의자에 앉았다.

"어이구, 국 식겠다. 어서 먹어라."

"찬미 보러 가실 거예요?"

갑작스러운 물음에 어머니가 고개를 갸웃거렸다.

"좋은 일도 아닌데 왜?"

"가게 되면 말씀해주세요. 인터뷰를 좀 해보고 싶어서요."

"걔를?"

밥을 만 미역국을 퍼먹던 숟가락으로 그릇에 든 명란젓을 퍼올린 강범준이 대답했다.

"다음 프로 주제가 학폭이라서요."

"그래? 그럼 한번 물어볼게. 어서 먹자."

어머니가 뒤늦게 식사를 하는 동안 강범준은 생각에 잠겼다.

조카를 괴롭힌 아이가 강제 전학을 간 학교에서 교사의 자살 사건이 터졌다는 사실을 어떻게 엮어서 조회수를 올릴까 고민하고 있던 것이다.

　다음 날, 강범준은 아침 일찍 월령 중학교로 향했다. 뉴스를 통해서 알고 있긴 했지만 실제로 본 모습은 예상을 뛰어넘은 충격적인 모습이었다. 촬영용 아이폰을 짐벌에 끼우던 이성한이 중얼거렸다.

　"완전 포위되었네. 빠져나갈 틈이 없어 보여. 진짜."

　학교 정문 주변은 물론이고 담장을 따라 화환이 빙 둘러서 세워져 있었다. 전국 각지의 선생님들이 보낸 것이었다. 그 화환들에 교사들의 안타까움과 분노가 고스란히 드러났다. 교문의 기둥과 문에는 색색의 포스트잇이 빼곡하게 붙어 있었다. 절반만 열려 있는 교문으로는 고개를 푹 숙인 학생들이 쏜살같이 들어갔다. 주변에는 공중파를 비롯한 방송국 기자들이 마치 보초처럼 서서 학생들을 지켜보는 중이었다. 반면, 강범준과 이성한을 비롯한 유튜버들은 정문에서 좀 떨어진 골목길에 옹기종기 모여 있었다. 강범준은 짐벌에 끼운 아이폰을 테스트하던 이성한에게 물었다.

"뭐부터 할까?"

"일단 아무 학생이나 붙잡고 말을 걸어보자."

"아무것도 모르면?"

"일단 스케치라도 따야지."

이성한이 초조한 표정으로 말하는 걸 본 강범준은 학교에 빨려 들어가는 아이들을 빠른 눈으로 스캔했다. 그러다 한 남학생이 눈에 들어왔다.

"쟤 어때?"

강범준이 턱으로 가리킨 남학생을 본 이성한이 물었다.

"촉이 와?"

"레커 생활 하루 이틀도 아니잖아. 그리고 내가 촉이 좀 좋잖아? 화환에서 떨어진 국화꽃을 안 밟으려 유난히 조심하는 것도 그렇고 좀 쭈뼛대는 듯한 느낌이 뭔가 사연이 있는 거 같아."

"들이대봐."

"오케이. 카메라 줘봐."

이성한이 짐벌을 끼운 아이폰을 넘겨주자, 강범준은 고개를
푹 숙인 채 교문으로 들어가는 남학생의 팔을 잡았다.

"학생, 이번 일에 대해 뭐 아는 거 있어요?"

팔을 잡힌 남학생은 마치 범죄 현장을 들킨 범인처럼 당황했
다. 뭔가 알고 있는 게 분명하다고 생각한 강범준은 더 강하게
들이댔다.

"선생님의 억울한 죽음을 밝혀야지, 안 그래요? 아무거라도
좋으니 얘기 좀 해줘요."

놀란 남학생은 팔을 뿌리치면서 대답했다.

"저, 저는 아무것도 못 봤어요."

거세게 대답한 남학생은 허둥지둥 교문 안으로 뛰어 들어갔
다. 말을 더 붙여보려고 했지만 교문 앞에 수문장처럼 지키고
있는 선생님과 경비가 눈을 부라리는 바람에 더 이상 붙잡지
못했다. 할 수 없이 짐벌에 끼운 아이폰으로 정신없이 도망치
는 남학생의 뒷모습을 길게 찍었다. 그리고 기다리고 있던 이
성한에게 돌아갔다.

"제대로 찍은 거 같아."

"뭘?"

"나한테 아무것도 못 봤다고 했어."

"그랬을 수도 있지."

"지난번 프로파일러가 뭐라고 그랬는지 기억나?"

"어, 그 아저씨 말이지. 뭔가 켕기는 사람은 구체적으로 거짓말을 한다고 말이야. 예를 들어서 본 걸 못 봤다고 한다든지 말이야."

"죽은 선생님이 몇 학년 몇 반이라고 했지?"

"이 학년 이 반."

"최소 그 반 학생인 거 같아."

"일단 영상 찍은 거 얼른 올리자. 이거랑 아까 화환 찍은 걸로 일단 한 꼭지는 나올 거 같아."

이성한의 대답을 들은 강범준이 학교를 힐끔 보면서 대답했다.

"정말 끔찍하네, 학교 안에서 무슨 일이 벌어졌던 걸까?"

"학교가 무슨 잘못이 있겠어. 저 안에 있는 인간들이 문제지. 안 그래?"

스산한 바람이 불면서 학교의 담장에 기대 있던 화환들과 꽃다발들이 사라락거리는 소리를 냈다. 마치 망자의 울음소리

같아서 강범준은 저도 모르게 얼굴을 찡그렸다.

사무실로 쓰는 빌라로 들어오자마자 남학생이 놀라서 도망치는 영상을 올렸다. 영상의 마지막에는 이메일 주소를 올리면서 새로운 제보를 기다리겠다는 자막을 남겼다. 그리고 이성한이 전화로 작은아버지에게 이것저것 물어보면서 정보를 캐냈다. 아무래도 교사이다 보니 소식이 조금은 빠르게 공유되고 있는 듯했다. 그 사이, 강범준도 어머니에게 전화를 걸었다. 구석에서 각자 통화를 하다가 거의 동시에 끊은 두 사람은 상대방을 바라봤다. 그리고 약속이나 한 듯 외쳤다.

"대박."

강범준이 이성한에게 물었다.

"먼저 말해."

"사고친 애들 이름을 알았어."

"누군데?"

"송아름이랑 박은비. 송아름이 전학 온 아이, 박은비는 원래 다니던 학생."

"굴러온 돌이랑 박힌 돌이랑 싸운 거야?"

"둘이 교실에서 싸워서 학폭위가 열렸고 박은비가 출석정지 처분을 받았나봐. 그런데 박은비 쪽 부모가 강력하게 반발하면서 선생님이 중간에서 심하게 깨진 거지. 그리고 송아름 아빠가 누군지 알아?"

"누군데?"

"K&S 로펌 대표."

"진짜? 그럼 학폭위가 아니라 무슨 재판정 같았겠네."

"그래서 박은비가 잘못한 게 아닌데 처벌을 받았다는 의견이 있었나봐. 박은비 부모는 쥐뿔도 없었거든. 야! 이거 그림 나오지 않냐?"

흥분한 이성한을 본 강범준이 맞장구를 쳤다.

"불후의 명작일 거 같아. 학교에서 아이 둘이 싸웠는데 한쪽은 가난뱅이, 다른 한쪽은 부자. 학폭위에서 보이지 않는 힘겨루기 한 판!"

"딴 놈들이 냄새 맡기 전에 빨리 올리자. 그런데 너는 뭐가 대박인데?"

"찬미라고 조카애가 있는데 걔를 괴롭힌 애가 출석정지 처벌을 받고 월령 중학교로 갔다고 했었어."

"설마."

강범준이 손가락으로 딱 소리를 내며 의기양양한 미소를 지었다.

"걔가 바로 굴러온 돌, 송아름이야."

"사고치고 쫓겨 가서 거기서도 사고를 친 거네? 아버지가 로펌 대표라 무서울 게 없었나보네."

"찬미라고 그랬지? 걔 만나서 영상 따자."

"그럴게. 어머니한테 전화할게."

일이 순조롭게 풀린다고 생각했지만 예상치 못한 걸림돌이 생겼다. 집에 돌아온 강범준에게 어머니가 난처한 표정을 지은 것이다.

"인터뷰를 안 한다고요?"

"내가 사정사정했는데 안 된대."

"왜요?"

"찬미가 울면서 싫다고 했대. 그때 일을 생각하면 너무 힘들다고 하면서 말이야."

"진짜 안 된대요?"

"다시 얘기해볼게. 근데 진짜 힘들어하나봐."

어머니가 휴대폰을 들고 안방으로 들어가는데 이성한에게 전화가 왔다.

"뭐래?"

"못 하겠대. 어머니가 다시 설득해볼 거야."

"그럴 필요 없을 거 같아."

"무슨 소리야?"

"방금 어디서 전화 왔는지 알아?"

"어디?"

"K&S 로펌."

예상 밖의 이름에 놀란 강범준은 하마터면 휴대폰을 떨어뜨릴 뻔했다.

"거기서 왜?"

"정확하게는 로펌 대표의 부인이었어. 그러니까 송아름의 엄마지."

"우리 영상을 보고?"

"응, 자기들이 원하는 영상을 만들어서 올려달래. 물론 공짜는 아니고."

"공짜라도 만들어줘야 하잖아. 거기라면 말이야."

"지금 만나자고 해서 내가 먼저 만나고 올게. 내일 아침에 사무실에서 만나자."

"그래."

"야, 나락으로 가는 줄 알았는데 하늘에서 동아줄이 내려왔네."

이성한의 웃음소리를 들으며 통화를 끊은 강범준은 안방으로 들어갔다. 침대 옆에 서서 통화하던 어머니의 표정은 잔뜩 일그러져 있었다.

"아니, 그 정도 부탁도 못 들어줘? 우리 아들이 꼭 필요하다고 신신당부했단 말이야."

강범준은 흥분해서 얼굴이 벌게진 어머니 앞에서 손사래를 쳤다. 하지만 어머니는 제대로 보지 못했는지 계속 통화를 했다. 그걸 본 강범준은 어머니에게서 휴대폰을 빼앗았다.

"이모, 저 범준입니다. 인터뷰 안 해도 되니까 더 얘기하지 마세요."

그리고 바로 통화 종료 버튼을 눌렀다. 그걸 본 어머니가 얼떨떨한 표정을 지었다.

"안 해도 된다고?"

"네, 영상을 다르게 찍기로 했어요. 괜찮으니까 아쉬운 소리 하지 마세요."

"알았어."

이모에게 다시 전화가 왔는지 어머니가 다시 휴대폰을 귀에 갖다 댔다. 강범준은 거실로 나왔다. 생각보다 일이 잘 풀리는 것 같아서 기분이 좋았다. 이슈도 선점하고 국내 최대 규모의 로펌에게 돈을 받으며 일을 할 수 있게 된 것이다. 근데 마음 한구석이 찜찜하기도 했다. 특히, 아무것도 못 봤다면서 도망치던 남학생의 뒷모습이 떠올랐다. 강범준은 팔짱을 낀 채 중얼거렸다.

"걔는 대체 뭘 본 걸까?"

다음 날 사무실에 간 강범준은 들어서자마자 이성한의 호들갑과 마주쳐야만 했다.

"야, 이제 우리 고생은 끝났어."

"대체 뭐라고 했는데 그래?"

"여론전을 하려나봐."

"송아름이라는 애 엄마가?"

"응, 우리가 찍어서 올린 영상을 보고 연락했는데 자기들이 스토리 다 짜주고 증인도 섭외해주겠다고 했어."

"돈은?"

이성한은 손가락 다섯 개를 쫙 펼쳤다. 그리고 의기양양한 표정으로 대답했다.

"현찰로 준다고 했어."

"그러면 이제 우리는 찍기만 하면 되는 거네?"

"응, 우리가 가장 발 빠르게 움직여서 마음에 들었다고 그러더라. 며칠 동안 영상 좀 찍고 있다가 연락 오면 가서 찍으면 끝이야."

"진짜 자식 앞에서는 물불을 안 가리는구나."

고개를 절레절레 흔든 강범준의 말에 이성한 역시 씁쓸한 표정을 지었다.

"딸이 지난번 학교에서 말썽을 피우고 전학을 온 건데 여기서도 안 좋은 일에 엮이면 평생 문제가 생길 거 같다면서 잘 부탁한다고 했어."

이성한은 송아름 엄마에게 들은 당시 상황을 신이 나서 떠들었다. 그런데 갑자기 주머니에 넣어둔 휴대폰이 부르르 떨었다. 강범준이 처음 보는 번호였다.

"누구지?"

전화를 받자 잠시 침묵이 흐른 후 낯선 목소리가 들렸다.

"저 찬미예요."

"찬미?"

"네. 드릴 말씀이 있어서 전화 드렸어요."

잠깐 생각하던 강범준이 이성한을 힐끔 보고는 대답했다.

"내가 인터뷰하고 싶었다고 했던 거 때문이지? 너무 힘들어 하는 거 같아서 안 하기로 했으니까 신경 쓰지 마."

"아뇨. 인터뷰할게요. 저 할 얘기가 있어요. 아름이에 대해서 요."

"아, 아름이면 이번에 월령 중학교에서 같은 반 아이랑 싸운 애?"

"네. 잊으려고 했는데 요즘 인터넷에 자주 나와서요. 우리 학 교에서 무슨 짓을 저질렀는지 말씀드릴게요. 어디로 가면 돼 요?"

"어, 일단 사무실 근처 카페로 올 수 있니? 주소는 톡으로 보 내줄게."

"바로 갈게요. 근처에 도착해서 다시 연락드릴게요."

통화를 끝낸 강범준은 톡으로 주소를 보낸 다음에 이성한을 바라봤다.

"누군데?"

"조카. 송아름이 원래 다녔던 학교에서 괴롭힘을 당했다고 했던. 기억나지? 처음 연락할 때는 안 한다고 했는데 갑자기 지금 한다고 하네."

"뭐? 그럼 우리 시나리오랑 어긋나잖아."

"그렇긴 한데 일단 만나서 얘기는 들어볼게. 영상 소스는 많으면 좋잖아."

"그렇긴 하지. 〈라쇼몽〉 같네."

"〈라쇼몽〉?"

"옛날 일본 영화야. 어떤 사건이 벌어지고, 조사를 하는데 목격자들의 증언이 다 달라. 심지어 당사자조차 말이야. 왜 그런 줄 알아?"

강범준이 고개를 젓자 이성한이 대답했다.

"각자의 사정이 있었던 거지. 그래서 모두가 거짓말을 한 거야."

"각자의 사정이라……. 이번 사건에도 우리가 모르는 저마다의 사정이 있겠네."

"아무래도 그렇겠지? 근데 우린 기로에 서 있는 거지. 진짜 숨겨진 사정을 밝혀볼 것이냐 아니면 다섯 장을 받고……."

"차차 생각해보자고. 선택은 우리 몫이니까. 나갔다 올게."

카페에서 잠깐 기다리고 있는데 검정색 점퍼에 오렌지색 모자를 푹 눌러쓴 찬미가 들어섰다. 사실 초등학교 때 보고 몇 년 만에 처음 보는 거라 얼굴이 잘 기억나지 않았다. 찬미가 와서 인사를 하자 엉거주춤 일어난 강범준은 어색하게 웃었다.

"오랜만이네. 잘 지냈어?"

"네, 유튜브 잘 보고 있어요. 삼촌."

"그래, 뭐 마실래?"

"주스 아무거나요."

카운터로 가서 커피와 과일주스를 시키고 기다렸다가 받아서 돌아온 강범준은 애써 웃으며 테이블에 앉았다.

"어서 마셔. 그리고 인터뷰해달라고 귀찮게 해서 미안해."

"아니에요. 들어주고 싶었는데 걔 얘기를 하는 게 너무 힘들고 어려워서요."

"누구? 송아름?"

"네, 이번에 전학 간 학교에서도 문제를 일으켰다면서요?"

"맞아. 박은비라는 아이가 머리에 쓰레기통을 뒤집어씌웠대. 그리고 주먹다짐을 하고 학폭위가 열렸는데 돌아가신······."

잠깐 이름이 생각나지 않았던 강범준은 말을 끊었다가 덧붙였다.

"이미아 선생님이 중간에 끼어서 마음고생을 하다가 결국 스스로 목숨을 끊은 거고. 송아름 측 변호사가 말을 세게 하면서 선생님을 압박했다고도 하더라."

"박은비라는 아이가 왜 송아름에게 쓰레기통을 뒤집어씌웠대요?"

"시비가 붙은 거 같은데 정확히는 모르겠어. 우리가 알아낸 건 일단 여기까지. 다들 입을 다물고 있거든."

이번에도 다음 단어가 떠오르지 않아서 잠깐 고민하다가 덧붙였다.

"각자의 사정 때문에."

"저, 송아름 때문에 정신과 다니고 있어요."

"얘기 들었어."

"송아름은 여러 명을 괴롭혔어요. 자기 아버지가 로펌 대표라고 하면서요."

"큰 로펌 회사 대표라고 하던데."

핼쑥한 얼굴의 찬미가 과일 주스를 빨대로 한 모금 마시고는 고개를 끄덕거렸다.

"학교에 변호사가 온 적이 있어요. 저랑 다른 아이 교복을 찢고, 후배를 화장실로 불러서 휴대폰으로 얼굴을 때려서 뭉개버렸거든요. 맞은 후배는 이도 부러지고 눈도 심하게 다쳤어요. 그 일로 결국 강제 전학을 갔죠. 가면서 뭐라고 했는지 아세요?"

커피를 한 모금 마신 강범준은 고개를 저었다.

"다시 돌아와서 다 죽여버린다고 했어요. 자기는 아버지가 변호사라 사람을 죽여도 감옥에 안 간다고 하면서 말이죠. 간신히 버티고 있었는데 그 말을 듣고 무너져버렸어요."

떨리는 목소리로 얘기를 한 찬미는 말없이 왼쪽 손목을 내밀었다. 가느다랗게 그어진 선이 몇 개 보였다. 놀란 강범준에게 찬미가 힘없이 대답했다.

"정신을 차려보니까 손목을 그었더라고요. 다행히 깊게 베이지 않았어요. 송아름은 악마예요. 이번 사건도 분명 걔가 먼저 일으킨 게 분명해요."

"그, 그건 좀 조사를 해봐야 알지."

"송아름이 휴대폰으로 때려서 얼굴을 맞은 후배한테 연락을 했대요. 걔네 엄마가요."

"왜?"

"치료비는 얼마든지 줄 테니까 혹시나 누가 물어보면 송아름 얘기는 하지 말라고 했어요. 만약 맞은 사실을 털어놓으면 고소해서 대학교도 못 가게 하고, 제대로 된 직장도 못 다니게 할 거라고 협박했어요."

"뭐라고? 설마."

"걔가 녹취한 거 저한테 보내줬어요."

주머니에서 주섬주섬 휴대폰을 꺼낸 찬미가 녹음된 음성을 들려줬다. 찬미가 했던 얘기가 고스란히 들렸다. 녹음된 음성이 끝나자 휴대폰을 챙긴 찬미가 말했다.

"예서라고, 초등학교 같이 다녔는데 지금은 월령 중학교에 있어요. 송아름 옆 반이라서 자세히 알고 있을 거예요. 그러니까 저 인터뷰할게요. 이번 일도 송아름 때문에 벌어진 일이니까. 송아름이 이번에도 처벌받지 않고 빠져나가는 걸 더이상 두고 볼 수 없어요."

단호한 표정의 찬미를 본 강범준은 잠깐 고민하다가 휴대폰을 꺼내서 테이블에 올려놨다.

"일단 녹취부터 하자. 무슨 일이 있었는지 기억나는 대로 얘기해줘."

심호흡을 한 찬미가 천천히 입을 열었다. 쏟아지는 이야기들은 강범준의 예상 밖이었다.

큰 충격을 받은 강범준은 간신히 녹취를 끝냈다. 찬미는 월령 중학교에 다니는 친구를 통해 소식을 계속 알아보고 연락을 주겠다는 말을 남기고 돌아갔다. 카페에서 작업실이 있는 빌라로 돌아온 강범준이 들어서자 모니터 앞에서 편집을 하던 이성한이 말없이 돌아봤다.

"어때?"

"송아름이 강제 전학을 간 이유가 너무 세. 이번에는 서로 치고받고 싸웠다고 하지만 말이야."

"안 그래도 어제 학교 익명 게시판에 글이 하나 올라왔어. 볼래?"

이성한이 일어난 의자에 앉은 강범준은 모니터에 띄워진 글을 읽었다.

이미아 선생님이 돌아가시기 전 선생님을 만난 사람입니다. 선생님이 남긴 유서를 갖고 있어요. 유서의 내용을 보면 누군가 선생님을 괴롭혀서 그런 선택을 한 것이란 걸 알수 있습니다. 아무도 말을 하지 않지만, 누구 때문인지 솔직히 다들 알잖아? 송아름과 부모, 박은비와 부모, 교장 그리고 모른 체한 모든 사람. 바로 지금 이 글을 읽는 너! 모두 가해자야! 어서 잘못을 뉘우치고 사과해. 그렇지 않으면 유서를 공개할 거다.

글을 본 강범준은 두 손으로 머리를 움켜쥐었다.

"송아름을 옹호하는 영상을 올렸으면 우리 채널 접을 뻔했네."

"어쩐지 돈을 크게 쏜다고 할 때부터 이상하긴 했어. 막말로 우리가 큰 채널도 아닌데 말이야."

이성한의 얘기에 강범준이 머리를 움켜쥔 손을 내리면서 말했다.

"우리가 돈이 없고 가오도 없지만, 양심이 없는 건 아니잖아."

"양심 있는 척하기는, 답이 안 나오니까 그러는 거잖아."

"들켰냐? 하여간 눈치는 빨라."

둘이 마주 보면서 한참 동안 낄낄거리다가 동시에 멈췄다. 그리고 강범준이 입을 열었다.

"조카 애가 얘기한 거 녹취했어. 우리 객관적으로 영상을 만들어보자. 그 누구도 믿지 말고."

"모두가 거짓말을 했다는 전제로?"

"각자의 사정이 있었던 거지. 다 까발려보자."

이성한의 대답을 들은 강범준은 손을 내밀어 하이파이브를 했다.

진실에 다가서기로 결심은 했지만 결코 쉽지만은 않았다. 다짐을 하자마자 학교 익명 게시판에 유서를 가지고 있었다는 글을 올렸던 학생이 자신이 말한 모든 것은 거짓말이었다면서 송아름이 박은비에게 먼저 시비를 걸고 때렸다는 내용으로 2차

글을 올렸다. 그 와중에 추모 분위기는 사그라들지 않고 이어져갔다. 학교는 여전히 화환에 둘러싸였고, 교문에는 새로운 포스트잇과 꽃다발이 놓였다. 공중파를 포함한 언론에서는 후속보도가 이어졌다. 갈등 문제를 제대로 해결하지 못했다고 비난을 받은 교장과 교감 선생님 역시 나름대로 문제를 해결하기 위해 교육청과 협의를 했었다는 사실이 밝혀졌다. 제안에 대한 답신이 빠르게 오지 않는 게 신경 쓰였는지 송아름 엄마는 재차 이성한에게 연락을 해왔다. 그럴 때면 강범준과 이성한은 마음이 흔들렸지만 반대로 송아름 엄마가 남긴 부재중 전화의 개수가 늘어날수록 분명 그 뒤에 숨기고 싶은 무언가 있다는 것을, 자신들이 고수해야 할 모습이 무엇인지 또렷하게 알 수 있었다. 월령 중학교 학생인 권예서도 소개를 받아서 인터뷰를 했다. 모자이크로 처리를 해달라고는 했지만 상당히 격앙된 표정으로 학교에서 무슨 일이 벌어졌는지를 말해줬다. 인터뷰를 찍던 휴대폰의 배터리가 바닥으로 떨어져서 보조 배터리를 연결하느라 잠깐 쉴 때도 신신당부했다.

"꼭 제대로 만들어서 유튜브에 올려주세요. 돌아가신 선생님이 너무 불쌍하고 안타까워요."

"노력해볼게."

삼각대에 거치된 촬영용 휴대폰에 보조 배터리를 끼우고 충전이 된 것을 확인한 강범준이 덧붙였다.

"네가 보기에는 누가 제일 잘못한 거 같니?"

"송아름과 박은비 부모님이요. 자기 자식들 생각만 하고 주변 사람들에게 상처 주는 건 신경도 안 쓰잖아요."

"너는 은비를 별로 안 좋아하는구나."

"아름이가 워낙 밉상이라서 그렇지 걔도 학교에서 싫어하는 애들 많아요. 자기보다 약한 애들 괴롭히고 돈 뜯어내는 게 일상이었거든요. 송아름이랑 싸운 것도 자기 위치를 위협받을 거 같아서였어요. 이제 와서 피해자인 척하는 거 역겨워요. 걔네 부모님도 학교에 와서 이미아 선생님을 엄청 괴롭혔어요."

"얼마 전에 학교 게시판에 누가 익명으로 올린 글 말이야."

"이미아 선생님의 유서를 가지고 있다고 한 내용이죠? 누가 썼는지 알아요."

"누군데?"

"이학준이라고 그 반 학생이에요."

"이미아 선생님이 맡았던 이 학년 이 반?"

"네. 착하고 소심해서 은비가 맨날 괴롭혔어요."

"걔가 확실해?"

강범준의 물음에 권예서가 고개를 끄덕거렸다.

"은비가 친구들에게 얘기하는 걸 들었어요. 학준이가 익명 게시판에 올린 걸 알고 혼쭐을 내서 두 번째 글을 올리게 했다고요."

"그럼 학준이라는 친구가 돌아가신 이미아 선생님 유서를 가지고 있는 게 확실하네?"

"맞아요. 그런데 은비 때문에 겁을 먹었는지 제가 아무리 좋게 얘기해도 꼼짝도 안 해요."

속상하다는 표정으로 말하는 권예서에게 강범준이 말했다.

"각자에게는 사정이라는 게 있어. 그래서 쉽사리 용기를 내지 못하는 거지."

강범준의 얘기를 들은 권예서가 똑바로 쳐다보면서 물었다.

"그러면서 왜 우리들에게는 정의롭게 살라고 가르치는 거죠?"

말문이 막힌 강범준은 아무 대답도 하지 못했고, 그런 모습을 물끄러미 바라보던 권예서는 한숨을 쉬었다.

인터뷰가 끝난 후 영상을 들여다보면서 손톱을 물어뜯고 있던 강범준은 문이 열리는 소리에 고개를 돌렸다. 잠깐 나갔다 온다고 하던 이성한이었다. 옷걸이에 외투를 걸어놓은 이성한이 자기 자리에 가서 앉으며 물었다.

"인터뷰는 잘했어?"

"어, 유서가 나오면 대박일 거 같은데 말이야."

컴퓨터 전원을 켜고 키보드를 앞으로 당긴 이성한이 대답했다.

"안 되면 안 되는 대로 해야지. 너무 늦어지면 이슈에서 멀어질 거야. 그나저나 섬네일 좀 고민해봐. 고급스러우면서도 눈에 확 띄게."

"싸고 맛있으면서 건강도 챙기는 음식 같네. 그런 건 없는데 말이야."

"잘못하면 우리도 선생님의 죽음을 팔아먹는다고 욕먹을 수 있잖아."

"그림은 대충 나왔잖아. 송아름이랑 박은비가 발단이고, 부모들은 원인이고 말이야. 그런데 방송이고 뭐고 다 입을 다물고 있잖아."

"다 계산기 두드리고 있을 거야."

"환장할 일이야. 사람이 죽었는데 죄다 거짓말을 하고 있으니 말이야."

강범준은 이성한과 얘기를 나누다가 문득 섬네일을 떠올렸다. 잽싸게 키보드를 쳤다. 그걸 본 이성한이 다가와서 모니터를 들여다봤다. 강범준이 어깨 너머로 들여다보는 이성한에게 말했다.

"어때?"

"환장할 정도로 환상적이네. 이걸로 하고 영상 편집 마무리하자. 더 늦기 전에 올려야지."

편집을 하고 이성한에게 업로드까지 마쳤다는 연락을 남기고 강범준은 간이침대에서 잠깐 눈을 붙였다. 얼마 지나지 않아 누군가 다급한 듯 비밀번호를 누르는 소리에 강범준은 눈을 떴다. 외출복 차림의 이성한이 현관문을 열고 들어왔다.

"어디 갔다 온 거야?"

"송아름 엄마. 전화로 안 되니까 직접 찾아왔더라고."

"뭐?"

강범준의 물음에 이성한은 대답 대신 검지를 치켜들었다.

"우리가 올린 영상 때문에 급했는지 큰 거 한 장으로 가격을 올렸어."

"미쳤나봐."

"그만큼 급하다는 뜻이겠지. 이 정도면 채널 접고 반띵 해도 남는 장사잖아."

"그렇긴 하지."

"우리가 오케이 하면 반 쏘고, 우리 영상 내리고 본인이 원하는 대로 영상 업로드하면 나머지 반 쏜대."

이성한을 보면서 고민에 잠겨 있던 강범준은 갑자기 울리는 휴대폰 소리에 깜짝 놀랐다. 화면을 본 강범준이 조심스럽게 전화를 받았다.

"어, 예서야. 무슨 일이야?"

"아저씨, 돌아가신 선생님 유서 찾으면 진실을 밝히는 데 도움이 된다고 하셨죠?"

"그렇지, 당시 심경을 남겨놨으면 관련자들 누구도 변명을 못 할 거야."

"생각해보니 어제 수업 끝나고 학준이가 본관 뒤쪽에 있는 폐휴지장으로 갔어요."

"거길 왜?"

강범준의 물음에 권예서가 대답했다.

"문을 닫고 들어가서 잘 모르겠는데, 들어갈 때 책 같은 걸 가지고 들어갔었어요. 나올 땐 빈손이었고요."

"책?"

"네, 자세히는 보이지 않았지만 어쩌면……."

권예서는 말을 잇지 못했지만 강범준은 무슨 뜻인지 알아차렸다.

"이미아 선생님의 유서구나."

"이따가 가서 살펴볼게요."

"찾을 수 있겠니?"

"아니다. 일단 학준이를 설득해볼게요. 그게 빠를 것 같아서요. 만약 유서가 맞으면 공개해주세요. 반드시요."

절박해 보이는 권예서의 말에 강범준은 방금 송아름의 엄마를 만나고 온 이성한을 힐끔 바라봤다.

"알았어. 확인해보고 연락해."

"네, 아저씨."

통화를 끝낸 강범준은 이성한에게 말했다.

"유서를 찾을 수 있나봐."

마른 침을 삼킨 이성한이 손에 든 휴대폰을 만지작거렸다. 결정하는데 엄청나게 고통스러울 것이라는 걸 짐작할 수 있었다. 강범준의 휴대폰에 메일이 도착했다는 알림음이 왔다. 머리를 긁으며 의자에 앉은 강범준은 컴퓨터를 켜고 의자에 앉았다. 부팅이 된 컴퓨터에 로그인을 하자 화면에 어제 이성한과 함께 머리를 짜내며 만든 섬네일이 보였다.

우리 모두는 각자의 사정이라는 감옥이 있다. 그리고 그 안에 진실을 가둔다.

잠깐 동안 섬네일을 바라보던 강범준은 포털 사이트에 들어갔다. 마우스로 클릭을 하자 메일의 제목이 보였다.

이미아 선생님 사건 관련하여 제보를 드립니다.

에필로그

　행복한 학교, 행복한 교실이란 무엇일까.

　최근 일어난 선생님의 죽음을 보면서 이 질문에 대해 고민해
보았습니다. 단 한 명의 학생도 소외되거나 상처받지 않고 성
장해가는 공간을 말하는 걸까. 그러다 우리가 학교를 떠올릴
때 자주 간과하는 존재가 있다는 걸 깨달았습니다. 바로 '선생
님'입니다.

　학교는 아이들을 사회의 당당한 일원으로 키워내는 곳이기
도 하지만, 학생들을 보호하고 지도하는 선생님이 함께 생활
하는 장소이기도 합니다. 행복한 교실, 나아가 행복한 학교가
되기 위해서는 학생뿐만 아니라 선생님들의 성장과 안녕도 보
장되어야 하는 것이지요.

　얼마 전부터 선생님들이 행복하지 못하다는 이야기를 자주

듣습니다. 아이들을 좋아하는 순수한 마음으로 교직 생활을 시작했지만, 학교 안에서 조금씩 지쳐가는 선생님들의 이야기를요. '무엇이 선생님을 행복하지 못하게 할까?' 그래서 학생들과 학부모, 우리 사회 모두가 '선생님'에 대해 생각해보는 자리를 소설로 만들어보자고 동료 작가들과 뜻을 모았습니다. 조심스럽지만 한 선생님의 죽음에서 소설은 시작됩니다. 학생과 학부모, 동료 교사 그리고 사이버 레커, 각각의 시각으로 사건이 재구성되면서 이야기는 흘러갑니다. 다자(多者)의 시선을 등장시킨 것은 '선생님의 죽음'이 하나의 팩트로 설명되기에는 그 속에 숨겨진 진실과 의미들이 너무도 많기 때문입니다. 다른 사람의 시선을 살피고 인정할 때, 비로소 선생님의 삶을 온전히 이해할 수 있는 기회도 생기겠지요.

또 한 가지, 소설이기에 사건과 갈등을 만들어내는 과정에서 정황상 (작중)선생님을 힘들게 한 인물이 누구인지 분명하게 드러나지만, 결코 누군가를 탓하고자 쓴 것이 아니라는 점은 명확히 말씀드리고 싶습니다. 그래서 선생님이 남긴 유서 내용을 밝히지 않고 소설을 끝맺은 것이기도 합니다.

이 책은 소설이지만, 그저 소설로 끝나지 않았으면 좋겠습니다. 지금 학교 안에서 어떤 일들이 벌어지고 있는지, 크고 작은 사건들 속에서 선생님과 학생들이 마주하는 어려움은 무엇인지 생각해보고, 언제나 우리 곁에서 묵묵히 존재해온 선생님들을 다시금 돌아보는 계기가 되기를 바랍니다.

어쩌면 '익숙함에 속아 소중함을 잊지 말자'는 말이 가장 잘 어울리는 존재가 부모님, 그리고 선생님이지 않을까요. 이 책을 읽는 청소년 친구들에게 학교는 결국 나와 친구만이 아니라 한결같이 우리를 지키고 지도해온 선생님이 있어서 완성된다는 사실만큼은 꼭 전하고 싶습니다. 그리고 선생님과 학생의 행복은 결코 분리되어 있지 않다는 사실도요. 각자의 이해만을 따지며 서로를 이해하지 않으려는 학교에서는 모두가 불행합니다.

"당신이 잘 있으면 나도 잘 있습니다"라는 말이 있습니다. 선생님이 행복해야 학생이 행복하고, 학생이 행복해야 선생님이 행복합니다. 행복한 학교에서 자라나 건강한 사회의 일원으로 성장할 청소년 여러분에게 작은 울림을 주는 이야기가 되기를 바랍니다.

소향·신조하·윤자영·정명섭

5·18 민주화운동 40주년 기획 소설
저수지의 아이들

정명섭 지음 | 12,000원

'말'이 '칼'이 되는 순간
취미는 악플, 특기는 막말

김이환·정명섭·정해연·조영주·차무진 지음 | 13,000원

한국전쟁 71주년 기획 소설
1948, 두 친구

정명섭 지음 | 12,000원

성장통 이후에 깨닫는 나다움의 의미
어느 날 문득, 내가 달라졌다

김이환·장아미·정명섭·정해연·조영주 지음 | 13,000원

나를 즐겁게 하는 것들과 나 사이의 적정 거리
자꾸만 끌려!

김이환·장아미·정명섭·정해연·조영주 지음 | 13,000원

너무 힘들 때, 나를 보호해줄 유리가면이 있을까?

유리가면

조영주 지음 | 13,500원

엄마가 좀비가 된다면 어떻게 할래?

엄마는 좀비

차무진 지음 | 13,500원

모두에게 익숙한 소년과 처음 만나는 나 사이

보이 코드

이진·전건우·정해연·조영주·차무진 지음 | 13,500원

개인 맞춤형 메타버스 학교부터 우주 도시의 혼합 학교까지

100년 후 학교

소향·윤자영·이지현·정명섭 지음 | 13,500원

엄마까지 사라져버린 이 세상은 어떻게 돌아가는 거야?

엄마가 죽었다

정해연 지음 | 13,500원

이 책 한 권이면 흑역사는 끝
사춘기를 위한 맞춤법 수업

권희린 지음 | 13,000원

◆ 2022 씨앤에이논술 도서 선정
◆ 2022 아침독서 추천

중2병보다 무서운 무뇌력 탈출기
사춘기를 위한 문해력 수업

권희린 지음 | 14,000원

◆ 2023 세종도서 교양부문 선정
◆ 2023 학교도서관저널 추천
◆ 2023 아침독서 추천

내 삶에 꼭 필요한 어휘력 익히기
사춘기를 위한 어휘력 수업

오승현 지음 | 14,000원

◆ 2024 아침독서 추천
◆ 2023 출협 올해의 청소년 도서

사춘기 수업 시리즈는 1318 청소년을 위한 인문교양 시리즈입니다.

생각을 춤추게 하는 동서양 고전 24

사춘기를 위한 관점 수업

이은애 지음 | 14,000원

◆ 2023 학교도서관저널 추천

글쓰기가 막막할 때 펼쳐 보는 나만의 비법

사춘기를 위한 문장력 수업

오승현 지음 | 14,000원

◆ 2024 학교도서관저널 추천
◆ 2024 3월 월간 책씨앗 추천

이야기를 써야만 내 생각이 넓어져

사춘기를 위한 짧은 소설 쓰기 수업

정명섭·이지현 지음 | 14,000원

◆ 2024 학교도서관저널 추천

작은 꽃봉오리는 활짝 핀 꽃을 바라보며 피어난다.

안녕 선생님

초판 1쇄 발행 2024년 3월 22일
초판 2쇄 발행 2024년 10월 23일

지은이 | 소향· 신조하· 윤자영· 정명섭

발행인 | 박재호
주간 | 김선경
편집팀 | 강혜진, 허지희
마케팅팀 | 김용범
총무팀 | 김명숙

디자인 | 석운디자인
일러스트 | 봉현
교정교열 | 구해진
종이 | 세종페이퍼
인쇄·제본 | 한영문화사

발행처 | 생각학교
출판신고 | 제25100-2011-000321호
주소 | 서울시 마포구 양화로 156(동교동) LG 팰리스 814호
전화 | 02-334-7932 팩스 | 02-334-7933
전자우편 | 3347932@gmail.com

ⓒ 소향· 신조하· 윤자영· 정명섭 2024

ISBN 979-11-93811-05-4 (43810)